小説
夜のクラゲは泳げない
JELLYFISH CAN'T SWIM IN THE NIGHT
3
屋久ユウキ
イラスト popman3580
原作 JELEE

contents

Design : caiko monma + yui tadokoro (musicagographics)

the night.

Jellyfish c

an't swim in

can't swim in

Jellyfish

he night.

小説

夜のクラゲは泳げない

JELLYFISH CAN'T SWIM IN THE NIGHT

3

光月《こうづき》まひる
ことなかれ主義の量産型女子高生。
花音との出会いをきっかけに、「海月ヨル」として「JELEE」のイラストを担当する。

山《やま》ノ《の》内《うち》花《か》音《の》
やりたいことに一直線な元アイドル。
「橘ののか」として「サンフラワードールズ」のセンターを務めていた。
「JELEE」として「JELEE」の作詞・歌唱を担当する。

高梨《たかなし》・キム・アヌーク・めい
音大附属高校に通うお嬢様で、「橘ののか」の熱烈なファンだった。「木村ちゃん」として、「JELEE」の作曲を担当する。

渡瀬《わたせ》キウイ
VTuberとして活動する、まひるの幼馴染。
「竜ヶ崎ノクス」として「JELEE」の動画制作などを担当する。

瀬藤《せとう》メロ
活動を再開した「サンフラワードールズ」の現センター。
花音が引退することになった事件の被害者とされているが……。

馬場《ばば》静江《しずえ》(みー子《こ》)
自称・銀河系最強アイドルの卵。「JELEE」の大事な局面に居合わせることが多い。

馬場《ばば》亜璃恵瑠《ありえる》
みー子の愛娘でTO(トップ・オタ)。

早川《はやかわ》雪音《ゆきね》
花音の母にして、「サンフラワードールズ」の敏腕プロデューサー。

本文挿絵／谷口淳一郎

Jellyfish can't swim in the night.

これまでのあらすじ

5 コメント欄

新しいMVが思いもよらない方向でバズり、困惑を隠せないまひるたち。だが、それをきっかけに「JELEE」のSNSフォロワーは一気に増えていた。爆発的に増えたコメントの中で、まひるはイラストに対する辛辣な意見を見つけてしまう。

6 31《サーティワン》

スランプに陥り、作詞が止まってしまった花音。そんななか、「JELEE」に楽曲制作の依頼が届く。依頼者は、まひるたちと少しだけ因縁のある相手——自称・銀河系最強アイドルの卵、みー子だった。

7 夜明け

三年生に進級し、進路についての話題が増える「JELEE」の面々。進学に備えてバイクの免許合宿に行くというキウイに、花音も同行したいと言う。2人は合宿先でミステリアスな雰囲気の女性・小春と出会う。

8 カソウライブ

「JELEE」結成一周年を記念して、仮装ライブを実施することに。4人は、ライブに向けて合宿を行う。一丸となってライブの準備を進めたところに、花音の顔バレの一報が届く。

9 現実見ろ

私は昔からお母さんっ子だったけど、どうしてそうなったのかは自分でもわかっていない。友達を作るのが苦手だったこととか、両親の離婚とか、芸能プロデューサーっていう仕事へのなんとなくの憧《あこが》れとか。そのどれもが理由なような気がしたけど、そのどれもが決定的な理由ではないような気がしていて。

強いて言うならば、なんとなく空っぽで、なんとなく寂しくて、なんとなく一人ぼっちだったような気がしていた私は、強く自分を持ちながら前へ進んでいくお母さんの輝きみたいなものに、惹《ひ》かれていたのだと思う。

小学六年生のころの私は、学校の教室で作文を読んでいる。その日は授業参観だったから、教室の後ろにはたくさんの大人たちがずらりと並んでいて、そこに私のお母さんはいない。でもそれも仕事で忙しいからなんだと思うと、むしろ誇らしく思えてすらいた。

「お母さんは今年は大きい事務所を抜けて、自分の事務所の社長になりました。私はそんな、かっこよくて、仕事ができるお母さんが好きで――」

私はあるがままの気持ちを言葉に変えて、みんなに発表している。

「やっぱ変な子だね」「ね～」

くすくす揶揄《やゆ》したり、逆に微笑《ほほえ》ましく見つめる視線を感じた。私は自分の思ったことを話しているだけなのに、どうしてこうなるのだろう、といつも思っていた。

「だから私は、お母さんみたいな人になりたいと思っています。六年二組、早川花音《はやかわかの》」

私が最後まで読み終えると、やや困ったような笑みを浮かべた担任の先生が、教卓の前で私を見ていた。

「あの～……花音ちゃん？」

「はい？」

私はまっすぐ、返事を返す。自分はなにもおかしなことをしていないと、そのときは思っていた。

「今日の作文、『家族について』じゃなくて……将来の夢なんだけど……」

「……はい！　だから私の夢は、お母さんみたいになることなんです！」

きっと私はこのときからずっと。

少しだけ、変な子だったのだ。


ハロウィンライブを終えて、寒くなってきた十一月。

私たちJELEE《ジェリー》は四人でカフェバーに集まっていた。

「「「「おおおおおっ！」」」」

JELEEのXアカウントを見ながら、四人で同時に声をあげる。そのフォロワー欄には、昨日までとは一桁《けた》多くなった数字が表示されていた。

「ついに……！」

「フォロワー一〇万人!!」

キウイちゃんが言って、私が言葉を継ぐ。

「目標、達成ですね！」

めいちゃんが目をキラキラと輝かせて、花音ちゃんに視線を向けた。

「だね。……いやあ、よかったよかった」

にこっと優しく微笑んで、安心したように。私がそのリアクションがちょっと意外だなあ、と思っていたら、キウイちゃんも同じことを感じていたようで、

「なんか……思ったより冷静だな？」

「え？」

花音《かの》ちゃんがどこか、心ここにあらずな表情で声を漏らす。

「たしかに、もっと喜ぶと思ってました」

めいちゃんも頷《うなず》いた。

出会ったころからあれだけ何度も言っていた目標なのだ。特にその最前線でみんなを引っ張ってきた花音ちゃんだから、性格的にももっと歓喜の咆哮《ほうこう》くらいのリアクションをすると思っていた。

「……言われてみれば」

花音ちゃんは唇に手を当てて、自分でも意外そうに言う。横でキウイちゃんがお気楽に笑った。

「ま、良い傾向だろ。フォロワーとか目標のことばっかりじゃなくて、肩の力が抜けてきたってことだしさ」

言葉に、花音ちゃんはも頷いた。

「……うん、そうだねっ。それにわたし、気付いたんだ！」

「気付いた？」

私が聞き返すと、花音ちゃんは心から充実したような温かい笑顔で言う。

「有名になったことよりも、こうしてJELEE《ジェリー》として歌えてることのほうが、大切なんだって！」

「ののたん……！」

めいちゃんが潤《うる》んだ瞳《ひとみ》で花音ちゃんを見つめて、キウイちゃんもちょっと微笑《ほほえ》む。

けれどなんだか、私は花音ちゃんの言葉に少し、違和感があった。言葉にするのは難しいけれど、なにかいつもの花音ちゃんらしさが薄まってる気がする、とでも言えばいいのだろうか。

「私、やっぱりののたんについてきて良かったです！　次の目標はなんですか！　私、地獄の果てまでもお供します！」

「なんで地獄なんだよ……」

めいちゃんのいつもの暴走に、苦笑しながらツッコミを入れるキウイちゃん。その空気はやっぱり私にとって楽しいものだったけど、なにかが足りないような感覚もあって。

「……目標かあ」

花音ちゃんは少し考えると、

「ね！　まひるはどうしたい!?」

「え!?　私!?」

「そうだよ！　まひるって他にいる？」

「いやいないけど……。うーん、目標……」

私は考える。

JELEE《ジェリー》をきっかけに、少しは輝けるようになってきて、絵を描く理由を、取り戻せたような気がして。

そんな私がいま、したいと思っていること。

「……絵がもっと、上手《うま》くなりたい、かな？」

ぼそりと言うと、花音《かの》ちゃんがくすっと笑う。

「いや、それまひる個人の目標だね⁉」

「あ、ほんとだ」

私がちょっと間抜けな感じでリアクションすると、みんなもくすくす笑ってくれた。だけどなんだか私らしくないすれ違いをしちゃったな。

「ま、ここまで上手くいったんだからさ、いままで通りのやり方で、ファンの期待に応えていきたいよね！」

「そうですね！　そうしましょう！」

花音ちゃんの言葉に、めいちゃんも熱を込めて頷《うなず》いた。

けど、『いままで通り』。その言葉は私がまだ花音ちゃんに話せていないことを思うと、なんだか素直には頷けなかった。

＊＊＊

「この宮下《みやした》パークで、年末にプロジェクションマッピング……」

数十分後。私はキウイちゃんと二人で宮下パークに来ている。

四人では話しづらい話題があったのだ。

私たちは近くのスタバで買ったフラペチーノを飲みながら、柵《さく》に沿って伸びている腰ほどの高さのポールに腰掛けている。私がキウイちゃんに見せているタブレットには、『サンフラワードールズプロデューサー・早川雪音《はやかわゆきね》』の表記がある企画書のＰＤＦファイルが表示されている。

「まあ、めちゃくちゃ大きい仕事だよな」キウイちゃんは私をからかうように。「……分、不相応に」

「う。……だよね」

言葉に詰まりながら頷く。

ハロウィンのカソウライブのあと。私に届いたメールは早川雪音さん――つまり、花音ちゃんのお母さんからのもので。年末に行われる宮下パークでの新曲プロモーションのイベントに、私の絵を使いたいというものだった。

プロジェクションマッピングと現実のライブを組み合わせた、リアルと仮想を融合させた新しいライブ企画。正直なんというか概要を聞くだけで、私には荷が重いくらいに大きな企画に思えた。

「受けてみたいのか？」

「えっとね……正直、怖くて」

私はゆっくりと、言葉を紡いでいく。

「あはは。やっぱりまひるは怖がり――」

「――けど、ちょっと興味はあるんだ」

静かに言うと、キウイちゃんは驚いたように私を見て、言葉を止めた。

「私ね。……自分は泳げないクラゲだと思ってたけど、知らない海に飛び込んでみて、自分の絵が、だんだん好きになれてきて」

「……そうか」

私はフェンス越しに見える歩道橋を眺める。

私が最初に、花音《かの》ちゃんからJELEE《ジエリー》に誘われた場所だ。

「だから、迷ってる。……この仕事を受けたら、もっと自信を持てるようになる気がして」

「……」

「たぶん、このチャンスを逃したら、こんなことはもうないよね」

私は過去のことと未来のことに、思いを馳《は》せながら言う。

「まあ……」

キウイちゃんはしばらく考えるようにすると、けろっと笑って。

「絶対ないだろうなっ」

「ちょっと！　余計プレッシャー……」

緩急をつけたからかいにストリーマー熟練の技を感じる。けどそれは真面目に相談してる人をからかうためにつけたスキルではないと思います。

「……あと、さ」

私が考えていたのは、この企画の内容そのものとは、また別のことだった。

「──花音ちゃん、どう思うかな」

キウイちゃんは眉《まゆ》をくいっと上げて、ため息混じりに頷《うなず》く。

「……まあ、そこだよなぁ～」

「年末にMV作ろうって、約束しちゃったし、それに……」

私は美音《みおん》さんから、そして花音ちゃんからも直接、どうやら一筋縄ではいかないその事情について、少しだけ聞いてしまっている。

「母親との関係、だよな？」

「うん」

私は頷いて、どうしたもんかと頭を抱えた。

「う～～～ん……」

正直私たちがどうにかできる範疇《はんちゅう》の話じゃないし、そもそも知らないことだって多すぎる。

だから考えたってしかたないと思うんだけど、だからといってなにも知らないままに話を受けていいわけではないと思った。

キウイちゃんはふっと息を吐くと、ちょっとすっきりしたような口調で言う。

「ま、もしやるってなってもさ、話したらわかってくれるんじゃないか？」

うん。こういうときに切り替えが早いのが、キウイちゃんって感じだよね。

「……そうかな」

「ああ。それに、さ――」

キウイちゃんはフェンス越しに空を見ると、大人びたトーンで、諭すように言った。

「まひるの人生は、まひるのものだろ？」

＊＊＊

「お邪魔しま～す……」

数日後。

私は珍しくめいちゃんの家に遊びに来ていた。都内のいわゆる閑静な住宅街に佇《たたず》む、長方形のスタイリッシュな一軒家で、なんというかやっぱりちゃんとした音楽一家の生まれなんだな、みたいなことを実感する。和室に布を貼って誤魔化している我が家とはまったく違う。

「いらっしゃい」

私が玄関から入ると、めいちゃんのお母さんが挨拶《あいさつ》してくれた。

「は、はじめまして！　めいちゃんの友達の、光月《こうづき》まひるです！」

「はじめまして。めいがお友達を連れてくるなんて珍しいから、とっても嬉《うれ》しいわ」

「いつもお世話になってます……。あ、これ」

私は準備しておいた大宮《おおみや》名物・シュガーバターサンドの木を手渡すと、にこっと笑みを作る。こういうときになにを渡すのが一番喜ばれるのかはわからないけど、大量のチョコエッグよりは正解に近いと思う。

「あら、ありがとう」

お淑《しと》やかな声で言うめいちゃんのお母さんは黒髪で、日本人っぽい容姿をしている。めいちゃんはドイツとのハーフだと聞いていたから、たぶんお父さんがドイツ系の人ってことなんだろう。黒髪で姿勢正しく微笑《ほほえ》みを絶やさない、すごく上品なマダムって感じで、すっと通った輪郭のラインがめいちゃんによく似ていた。

おっとりとしながらも私からじっと視線を外さないめいちゃんのお母さんは、どんと懐《ふところ》が広そうな雰囲気だったけれど、にこにこ笑うその瞳《ひとみ》の奥には私を品定めしているような鋭さもあるような気がして、めいちゃんとは違う意味で底が見えない。考えすぎかもしれないけど。

「それじゃあ、ごゆっくり〜」

「は、はい！」

そんなお母さんに見送られながら、私はめいちゃんの部屋へ向かった。

今日私がめいちゃんに聞こうとしているのは——これから私の仕事相手になるかもしれない相手の話だ。

＊＊＊

めいちゃんの部屋。

私は部屋一面に広がるサンドーグッズに面食らっていた。

グランドピアノが置かれた広い部屋の棚に並ぶ、推しタオルに推し団扇《うちわ》。ラックを見ると出会った日に言っていたとおりＣＤは本当に各五枚ずつあるし、なにやらおそらくは有名なピアニストっぽい肖像画の横に花音《かの》ちゃんの写真が並んで飾られているのを見ると、本当にガチなんだなって思う。めいちゃんのなかではそことそこが同じカテゴリなんですね。

私がきょろきょろと部屋を見回していると、めいちゃんが紅茶を淹《い》れてくれながら、私の顔を覗《のぞ》き込む。

「それで……今日はどうしていきなり？」

「あ、ありがと。えーっと、実はね」

言い方に迷ったけれど、変にまどろっこしく聞いてもしかたない。

「早川雪音《はやかわゆきね》さんについて、聞きたいことがあって」

「早川雪音お母様について、ですか？」

「うん」

めいちゃんはきょとん、と首を傾《かし》げる。さらっとお母様って言ったことに関してはもう驚きはなかった。

「けど、どうして急に、お母様について？」

「まあ、いろいろとありまして……えーと」

当たり前みたいに早川雪音さんのことを『お母様』のみで呼ぶめいちゃんにツッコむのはたぶん野暮なので置いておくとして、私はどう理由をつけようかな、と考えていた。

まあ、普通にありのままを話してしまってもいいんだけど、めいちゃんって一つ一つのことを真剣に考えすぎてしまうから、なんだか余計な心配をかけてしまうような気がした。

けれど、それは杞憂《きゆう》だとすぐにわかることになる。

「……そうですね！　人にはいろんな事情がありますもんね！」

「う、うん……」

なんか、理由を考えるまでもなく受け入れてくれた。素直なの、こういうとき助かるな……。

「それじゃあ、手短に説明しますねっ！」

ウキウキと声を弾ませるめいちゃん。
思えばこのとき私は——気がつくべきだった。

＊＊＊

数時間後。

日はすっかり沈んで、私はゲッソリしている。

「——ということで早川雪音《はやかわゆきね》さんこそが！　ののたんの才能を見出《みい》だした天才であり、世紀の大戦略家というわけです！」

手をぶんぶんと振って、架空のホワイトボードで解説するみたいな大げさな挙動で語るめいちゃんを横目に、なくなったらめいちゃんが自動的に注いでくれる五杯目の紅茶をちびちびと飲む。今日、カフェインで寝れなかったらどうしよう……。

「……思ってた十倍くらい詳しくありがとう……。はい」

言いながら紅茶のカップを差し出すと、語りに語り尽くしてテンションがおかしなことになっているめいちゃんはそれを受け取り、一気飲みした。はあはあと息を整える。ちょっとずつ落ち着いていったみたいでよかったです。

「……というのが、表の歴史なんです」

表の、という意味深な言葉が気になった。ということは裏の歴史がある、ということになる。

「もしかして……炎上の、こと？」

「……いえ。それについては、私も詳しくは知らないんです」

「……そっか」

まったく気になっていないと言えば嘘《うそ》になる。けれど、花音《かの》ちゃんのいないところでそれを勝手に聞いてしまうのはなんだか違うような気がしたので、私はある意味、少しほっとしていた。

「裏っていうのは……」

めいちゃんは、やや言いづらそうに。

「──『見ろバカ』って、知ってますか？」

＊＊＊

部屋の一角にあるノートパソコンを開いて、めいちゃんはブラウザを開く。そこに表示されているのは、YouTubeに投稿されている一つのチャンネルの動画だ。

『アイドルはタバコも吸わないし彼氏もいないのが当たり前じゃないですか？　だからこうして晒《さら》されるのって、自業自得だと思うんですよね』

流れているのは、いわゆるＡＩのような合成音声で作られた辛辣《しんらつ》な言葉たち。それとともに流れている映像は隠し撮りのような画角が悪く、障害物越しに撮られたようなもので、髪の毛を赤や青、緑などに染めた若い女の子たちが煙草を吸っている姿が映し出されている。

YouTubeのチャンネル名には、『現実見ろバカ』という文字が表示されていた。

「な、なにこれ？」

「これが『見ろバカ』です」

めいちゃんがマウスを操作すると画面は投稿動画の一覧に切り替わる。そこには未成年飲酒、喫煙、彼氏からのLINEなど、センセーショナルなサムネとタイトルとともにいくつもの動画が並んでいて、そこに籠《こも》る悪意のようなものが、見ているだけで私の胸を苦しくした。

カソウライブではファンの声に助けてもらったけれど、依然こういう悪意というのはインターネットに渦巻きつづけている。

「いまから三年ちょっと前に、突然現れたアカウントで。証拠と一緒に、次々とスキャンダルを暴露しはじめたんです」

「喫煙……飲酒……男女交際……すごいね」

「はい。それで……実は」

めいちゃんは、淡々とした口調で。

「この犯人が雪音《ゆきね》お母様なんじゃないかって、噂《うわさ》されてたんです」

「え⁉」

「まあ、私は信じてないんですけど――」

言いながらもめいちゃんは、検索用のテキストボックスに文字を打ち込む。

検索結果をクリックすると、ゴシップを報じる週刊誌のオンラインサイトへ飛んだ。

私はその記事のタイトルに目を引かれる。

「虹色少女《にじいろしょうじょ》、喫煙スキャンダルでサマフェスを辞退。……サンフラワードールズが代役として抜擢《ばってき》……？」

めいちゃんは頷《うなず》く。

「独立した事務所が圧力に負けないためにはこれしかなかったんだろう、って……都市伝説の範囲ですけどね」

「あ。でも随分前に投稿止まってるんだ」

「はい。……二〇二一年の十二月。ののたんが炎上してサンドーが活動休止になった月から、動いていません」

「っ！」

状況証拠、ということだろう。それだけで確定というわけではないだろうけれど、確かに噂《うわさ》になるだけの材料は揃《そろ》っているような気がした。

「……真相は闇《やみ》の中ですが、ファンの間では尊敬半分、恐怖半分に、こう言われてるんです」

めいちゃんは開いていたブラウザを閉じる。すると画面にはデスクトップの壁紙が表示されて——もちろんと言うべきか、めいちゃんの壁紙は全力でファンサを決める、花音《かの》ちゃんのアイドルスマイルだった。

私はそれをじっと見ながら、めいちゃんの声を聞く。

「——早川雪音《はやかわゆきね》は天国の扉と地獄の扉、両方の鍵《かぎ》を握ってる、って」

＊＊＊

その日の夜。私はイラストのラフの崩れてしまっている点を修正しながら、めいちゃんに教えてもらったことについて、考えていた。

暴露アカウント『現実見ろバカ』。露悪的で、俗っぽくて、だからこそ注目を集めて。開いてコメント欄を見てみると、見ろバカがやっていることは形式上は『不正の暴露』であるからか、その活動そのものを賞賛するような声すら見られて。なんというかインターネットの闇の側面、って感じだよなと思う。

「……ホントなのかな」

ぼそりとつぶやく。

このアカウントが早川雪音さんである、という噂。

あれから家に帰ってその噂について調べてみたけれど、確定的な証拠はほとんどなくて、失墜したアイドルが空けた枠をサンドーが埋めることが多く見られたり、暴露されるアイドルがサンドーと共演経験があるアイドルが多かったりなど、本当に俗説の範囲を出ないものだった。

けれど、流出している映像のなかには楽屋や舞台袖《ぶたいそで》など、関係者じゃなければ入れないところの隠し撮りも含まれていることから、まとめサイトの一部では、やはり早川雪音さんが濃厚、というところで結論づけられていた。

「あくまで噂って感じだなあ……」

私は眉《まゆ》をひそめながらも、そのタブを閉じた。

もしも本当なのだとしたら、私はやっぱり、この仕事を受けるべきではないのだろう。けど、そんなただの噂を真に受けて仕事を断るなんて、それこそ見ろバカを信じて持ち上げている人のように、俗っぽい行動のような気もした。

「……うーん」

そして私は、もう一つ気になっていたことについて調べはじめる。

まず開いたのは、早川雪音《はやかわゆきね》のWikipediaの記事だ。

大手芸能事務所に入ってK-POPの影響下にあるユニットをプロデュースし、抜きん出た結果を出したあと、三十五歳の若さで独立。日本から発信するものは『かわいいもの』でないと他国と差別化ができない、という考えからアイドルのプロデュースを開始し、サンフラワードールズなどのアイドルユニットの育成を開始。件《くだん》の炎上などを経ていまに至るらしい。

若くして最速で結果を出したという経歴もそうだし、その成功に囚《とら》われず独立する、というムーブはなんというか文字を読んでいるだけで灼《や》かれるような輝きを感じる熱量で、そこに花《か》音《の》ちゃんの影を感じずにはいられなかった。いや、普通に考えたら順序は逆なんだろうな。

興味を持った私は、YouTubeでMVを検索する。それは雪音さんが過去に所属していた事務所でプロデュースしていたという、多国籍展開しているダンスユニットのMVだ。

「一二〇〇万再生……?」

というよりもそれは私でもうっすら聞いたことのあるグループで、たしか中国などでも評価されている、実力派のダンスユニットだった。

実写とCGを組み合わせながら、現実とファンタジーを行き来するような新鮮な映像。なんというかそれは、私たちがハロウィンにやったカソウライブと似ているものがあるような気がして。

なんとなく見ておくか、くらいの気持ちで流しはじめた映像だったけど、私は自然とそれに吸い込まれていた。

この仕事を受けたら、私はこの人と一緒に作品を作ることが――

なんて思っていた、そのとき。

「わあ!?」

スマホが通話の着信画面に切り替わって、花音ちゃんの名前が大きく表示された。


「も、もしもし?」

「もしもし、まひる!?」

まさに花音ちゃんのお母さんの作った映像を見たところだったから、なんだか罪悪感というかバツの悪い気持ちになっていた私だったけど、花音ちゃんはいつもの調子で、というかむしろいつもよりご機嫌なテンションで、私に話しかける。

「ラフ、見たよ!」

その言葉に、どきりと胸が跳ねた。だってそのラフは、私が今まさに描き直しているもので。

「あ、ごめん。あれさ……」

「相変わらず最っっ高だったよ!」

「へ?」

私は間抜けな声を漏らしてしまう。

「ほ、ほんと？　けどあれ、腕の部分が崩れたまま送っちゃってて――」

私は崩れた腕を修正しながら、花音《かの》ちゃんに遠慮気味に尋ねる。

「大丈夫！　まひるの絵の魅力は、ちょっと崩れたくらいでは、なくならないから！　まひるは、いつでもわたしの大好きな絵を描いてくれる！」

「……あはは。褒めすぎだって」

どうしてだろうか。

花音ちゃんの言葉がなんだか、私の中を素通りしていくような感覚があった。

「事実だよ！　まひるはわたしをリーダーだって言ってくれたけど、わたしはまひるのこと、頼りにしてるんだからねっ！」

「あはは。……いつのまにか立場逆転？」

「はっ、ほんとだ！　でもあくまでリーダーはわたし！　その座は譲りません！」

言葉は噛《か》み合っているのに、気持ちが噛み合っていないような会話。それはきっと、私が花音ちゃんに隠し事をしているからだろう、と思った。

だから、私は切り出した。

「あのさ花音ちゃん。私、言わないといけないことがあって」

「え。な、なに急に」

花音ちゃんは、怯《おび》えたような声を出す。

「早川雪音《はやかわゆきね》さんから――」

「え……」

　きっとその言葉は、花音ちゃんにとって予想外のものだったのだろう。トーンを落として、息混じりになった声が私の耳に届く。

「……花音ちゃんのお母さん……から、イラストの仕事の依頼が来てて」

　しばらく、返答に間があいた。

「……サンドーの、仕事ってこと？」

「新曲のプロモーションイベント、って」

「……っ！」

　私はなるべくぶっきらぼうにならないように、けれど気を遣いすぎないように、柔らかい声を出した。

「まだ返事はしてないんだけど、イベントが年末だったんだ。だから、もしやるってなったら、次のＭＶの制作に影響が出るかもしれなくて……」

　はっと息を吸う音が聞こえて、しばらく無音が続く。

　花音ちゃんはいま、なにを考えているのだろうか。

「……まひるはそれ、やりたいの？」

絞り出すような声には、明らかに動揺が含まれている。

「……わからない。まだ、迷ってて。けど挑戦したい気持ちはあって――」

「わたしは、オススメしないかな」

遮るように言い切った花音《かの》ちゃんに、私は驚く。

その声には怒りのような恐れのような、もしくは失望のような色が混じっていて。

きっとそこには、私と花音ちゃんのあいだで、共有できていない前提がある。

どうするべきか迷った。きっと普通なら、踏み込まれたくない領域なんだろうって、一歩身を引いていただろう。

けど――相手は私の、大事な人だ。

「……ね。話したくなかったら大丈夫なんだけどさ……」

恐る恐る、けれど覚悟を持って尋ねた。

「花音ちゃんとお母さんって、なにがあったの……？」

その問いに、花音ちゃんはしばらく黙りこくる。

居心地の悪い沈黙。私はもしかしたら、聞いてはいけないところに踏み込んでしまったのかなって気持ちになって、沈黙に耐えられなかった。

「――ってごめん！　急に電話で聞く話じゃないよね……！」

「あ……」

ふっと、空気が弛緩《しかん》する。

「えっと、また会ったとき、話したかったらでいいから！」

普通の会話に戻すように取り繕うと、

「そ、そうだね！　わかった」

花音ちゃんも普通の声を作って、私に返事をしてくれた。

「週末に詳しいこと聞きに行くんだけど、黙って行くのも違うから、話しておきたくて……それだけ！」

「……っ」

んぐ、と、つばが喉《のど》に引っかかったような歪《ゆが》んだ音が、通話越しに聞こえた。

「……会うんだ」

「え」

短く震えた声は、私の耳にざらついた感触を残す。

「なんでもない。……ありがと、言いづらいことなのに、話してくれて」

けれど次の瞬間花音ちゃんは、またいつもの花音ちゃんの調子で、ゆっくりと話している。

私は違和感を残しながらも、会話をつなげていく。

「ううん。……こちらこそありがと、聞いてくれて」

「うん。……それじゃ、また連絡するね」

「わかった。またね」

私は電話を切ると——無意識に、と言えばいいだろうか。

もう一度、早川雪音《はやかわゆきね》さんの作ったMVに、指が伸びていた。

＊＊＊

数日後。

私は表参道《おもてさんどう》のとある建物に来ていた。

「……ここ、だよね」

メールで送られてきた住所に辿《たど》り着くと、メタルプレートに『早川プロダクション』の文字が書かれているのが目に入って、私は安心と同時に緊張している。

私が正面から入ると、受付のお姉さんが私を見つけて、

「こちらへどうぞ」

「は、はい！」

「お約束でしょうか？」

「えっと！　十五時から早川雪音さんと約束の、えーと……」

私がこういうときって本名とペンネームどちらを言うべきなんだろうか、と迷っていると、

「海月《うみつき》さまですね。……二階の応接室へどうぞ」

「は、はい！」

私こと海月ヨルは、『GUEST』と書かれた紐《ひも》付きのプレートを渡され、それを首にかける。体を硬くしながらも、私は受付のお姉さんに手で示された階段を上っていく。

「……全員、ここ所属ってことだよね」

壁にはこの事務所の所属と思われるアイドルやユニットのポスターがずらりと並んでいて、私が知っているグループがいくつもある。こういう名前の圧みたいなのに圧《お》されてしまうのは私の悪い癖な気がするな。

私もいまその世界に入ろうとしているのだから、少しは堂々とするべきなのだろう。そう思っていた、そのとき。

「……え！」

私はそこに並んでいたポスターのうちの一枚を見て、思わず声を出してしまった。

「フォロワー六〇万人のゆこちも……!?」

いつも見ているインフルエンサーの名前を見て、堂々とした気持ちは抜けてしまうのだった。

＊＊＊

数分後。

応接室の前で待っていたスタッフさんになかへ通してもらった私は、椅子《いす》に座って背筋を伸ばしたまま、一人で待機していた。

ていうかこういうときって勝手に座っていいのかな、とかいろいろ考えてしまうけど、なんか座らずに立って待ってるほうが『こいつ慣れてないな』って感じが出て気まずいかな、と思った私は『座りながらなるべく礼儀正しく姿勢をしゃんとしておく』という謎《なぞ》の折衷案に落ち着き、それを実行している。

と、そんな長い数分間を過ごしていると。

ノックとともに、ガチャリとドアが開いた。

「――お待たせしました」

入ってきたのはショートヘアにアジアっぽい柄のスカーフを巻いた、オーラのある女性。私は事前に名前を検索して顔を見ておいたから知っている。

「プロデューサーの、早川雪音《はやかわゆきね》です」

この人が、花音《かの》ちゃんのお母さんだ。

私は椅子から勢いよく立ち上がると、堂々とした佇《たたず》まいの雪音さんをじっと見る。雪音さん

はそんな私を見てふっと余裕たっぷりに微笑《ほほえ》むと、私になにか手のひらサイズの紙を渡す。

「海月《うみつき》先生、どうぞよろしくお願いします」

渡されたのは雪音《ゆきね》さんの名刺で、私ははっと心臓が跳ねた。

「こちらこそよろしくお願いします、海月ヨルです。ご、ごめんなさい、私名刺とかなくて……」

早速やらかしたような気分になって、私は受け取った名刺に視線を落とす。『代表取締役・プロデューサー』という文字に圧を受けているのがなんだかミーハーっぽくて、私はいつまで経っても俗っぽいなあ、なんてことを思う。

「大丈夫ですよ。そんなものなくても海月さんの名前と絵は、もうしっかり覚えてますから」

「あ、ありがとうございます」

きっと名刺を持ってこないなんていうのは私の凡ミスで、けれどそれをフォローしながらも私を立ててくれる雪音さんの言葉回しに、私はあっけなく気持ちよくさせられていた。

「さて――それじゃあ早速、本題に入らせて貰《もら》うわね」

＊＊＊

「これを……私が」

私は見せられたイメージ映像に、感嘆していた。

「3Dアバターによるヴァーチャルライブね。それに、これを組み合わせるの」

応接室のプロジェクターに映し出された映像。海外だろうか、どこかの神殿のようなお洒落《しゃれ》なビルに光の波のような映像が映し出されている、催し物の記録だった。

「プロジェクションマッピング……」

雪音さんは頷《うなず》く。

「ハロウィンのライブでやってたでしょう？　けどこのイベントはライブハウスだけじゃなくて――渋谷《しぶや》・宮下《みやした》パークのビルと地面を、あなたの絵が埋め尽くすの」

それは聞くだけで、私の絵描きとしての心に火をつけられてしまうような言葉だった。

「プロジェクションマッピングのMVとともに、ヴァーチャル化したサンドーが宮下パークで踊る。これを成功させれば、日本だけじゃなく、世界にもリーチできる」

表情からだろうか、口調からだろうか。

この言葉は嘘《うそ》じゃないのだろうな、と感じられるほどの、静かな熱が伝わってくる。

「そこで――MVのイラストとキャラクターデザイン両方を、あなたにまかせたいの。悪くない話だと思うけど、どうかしら？」

感情を込めた口調で、ワクワクしたように。

インターネットで見た情報だと、年齢はもう四十歳をすぎているはずの雪音さんだったけれど、その瞳《ひとみ》からはまるで子どものような純粋な好奇心が感じられて。

私はなんだかこんなふうに夢を語る人のことを――身近で知っているような気がした。

「……あの、一つ良いですか？」

「もちろん」

「……どうして、私なんですか？」

意外な質問だったのだろうか。雪音《ゆきね》さんは少しだけ、きょとんと目を丸くした。

「……どうしてって？」

私は少し迷うけれど、意を決して。

「こんなに大きいお話に！　……どうして私が、って。実力も知名度もまだまだだし、その……ひょっとしたら、花音《かの》ちゃんと同じグループってことが……」

「ああ、ののかのことね」

少しだけ温度の下がった言葉に、私の心臓が冷やされる。

「まったく、関係ないわ」

雪音さんは、堂々と真っ直《ます》ぐに。その表情は強く、野心に満ちている。

「あなたたちのライブを見て、閃《ひらめ》いたの。ARライブにプロジェクションマッピングを組み合わせれば、最高のショーになるって」

雪音さんが机の上に置いた機材を操作すると、スクリーンに、私がカソウライブのライブドローイングで描いたイラストがでかでかと表示された。

「……最後の絵、素晴らしかったわ」

「っ！」

息を呑《の》む。自信作だっただけに、嬉《うれ》しくなってしまう。

「だから、私に最高のインスピレーションを与えてくれた、あなたの絵が欲しいの」

私の絵が、ほしい。

言葉が少しずつ、芯《しん》に届いていくのを感じていた。

「けど私の絵って、まだまだ未完成で……」

「……そうね」

「え」

すると雪音さんは頷《うなず》いて、私が事前に送っておいたポートフォリオのなかから一枚を開き、

「例えばこのラフだけど」

それは、私が花音ちゃんと電話しながら、直していたラフだった。

「……少しだけ、崩れてるわね」

私はどうしてだろうか。

ミスを指摘されて、それを見抜かれてしまって。

本当は反省しないといけないことだろうに——

「っ！」

「ちょっと気が抜けてた？　といっても清書で直せば……」

「あ、あの！　……実はそれ、私も気になってて……！」

——嬉《うれ》しい、なんて気持ちになっていた。

「直したものがあるんです！」

「へえ……」

嬉しそうに笑う雪音《ゆきね》さんは、私がタブレットに表示してみせた新しいラフを見て、にっと強く笑った。

「やっぱり——私の目に狂いはなかった」

雪音さんは覗《のぞ》き込むように、じっと私の目を見る。

「画風は変わってないけど、画力が明らかに上がってる。このぶんだと……きちんと基礎から練習、してるんじゃない？」

「……っ！」

心の芯《しん》に、触れられてしまった気がした。

ほんの少しだけ、私の体温が上がる。

「あ、あの……！」

言葉が、無意識にあふれてきた。

「今年から教室に……通いはじめてて。……最近ずっと、デッサンもやってて」

「ふふ、そう」

雪音さんは、私から目を離さなかった。

「——ちゃんと結果、出てるわよ」

讃《たた》えるように微笑《ほほえ》む雪音さんの言葉に、もう報われた気持ちになってしまっていて。

「海月《うみつき》先生」

「っ！」

「現状に、満足してる？」

さらに一歩、距離を詰めるように言う。

「私と仕事をすれば、あなたの絵がもっと魅力的に輝くことを、約束するわ」

きっとこのとき、私はすでに、この引力に吸い込まれていたのだと思う。

「私はあなたを必要としてる。あなたの絵描きの部分も、きっと私を必要としているはずよ」

「っ！」

強調された言葉はたしかに、私のいままで刺激されたことのない熱い部分を、鼓舞するような響きを持っていた。

「だからね、海月ヨル先生」

そしてもう一度。まるで子どもみたいに、にっと笑った。

「私と一緒に――やってみない？」

その表情は、言葉は。

理由を失っていた私が、もう一度前を向くきっかけになった、大切な瞬間に似ていた。

「良い返事、期待してるわね」

＊＊＊

その日の帰り道。

家の最寄り駅で降りた私は、キウイちゃんと通話しながら帰っていた。

『それでどうだったんだ、花音《かの》のお母さんは』

「えーっとね」

私はやや言葉に詰まりながらも、答え合わせをするように、感覚を言葉に変えていく。

「会う前に調べたら、悪い噂《うわさ》とかもあったんだけど……」

『ああ、らしいな』

さすがはキウイちゃん。インターネットを駆使してあっという間にいろんなことを突き止めてしまう。ということは見ろバカの噂のこととかも、知ってるんだろうな。

「けどなんか、そんなふうには見えなかったかも」

『へえ……そうなのか』

キウイちゃんは意外そうに言う。

「うん」

『どんな人だったんだ？』

そう問われると難しい。

堂々としていて、けれど子どもっぽくて、大きな野望を抱いていて、キラキラ――というよりもあれはもう、ギラギラと輝いていていて。

バリバリのキャリアウーマンとか、敏腕女社長とか、表面だけをすくったらそんな言葉になるかもしれなかったけれど、どれもなにか、芯《しん》を捉《とら》えてない。

伝えるための言葉を考えていると、ちょっと不謹慎とも取れるような言葉を思いついてしまって、私は自分で自分に苦笑する。

「えーと……なんか、ね」

けれどなんというか――これ以上に的確な形容は、ないような気がした。

「――本物の花音ちゃん、みたいだった」

わたしはいつの間にか、ここに来ていた。

目の前にあるのはカラフルなクラゲの壁画。わたしが歌う後ろでまひるがリップで目を描き足して完成した、ヨルのクラゲ。

わたしが初めてまひるの絵と一緒に歌った、記念の場所だ。

いまごろまひるは、あの人と会っているのだろうか。

あの人と会ったまひるは、どう思うんだろうか。

もう何年も会っていないから、あの人のあの人らしさがいまだに残っているのかどうかはわからない。けれど、サンフラワードールズについてのニュースが流れてきたとき、それをつい開いて見てしまったとき。関連ニュースで目にするあの人の表情や言葉を見ると、きっとそれは失われていないどころか、強さを増しているのだろうと思った。


だとしたら、それは。

いまのまひるが求めているものなのかもしれない。

だってそれは――わたしが自分の価値を信じるためにに必要だった、輝きだったから。

＊＊＊

私が中学一年生のころ。

私はお母さんに連れられて、表参道《おもてさんどう》の美容室に来ている。

もともと少し茶色っぽいくせ毛だった私の髪の毛は、お母さんが美容師さんに言ったとおりに、ストレートの黒髪に染まっていた。私はお母さんの考えることや選ぶものを信用していたから、自分がどんな姿になるのかなんて、まるで心配していなかった。だけど。

心配事は、ほかにあった。

「やっぱり不安だなあ」

「サンドーに入ること？」

私が甘えるように漏らした言葉に、お母さんはいつもの頼りがいのあるトーンで返す。

「うん。すっごく嬉《うれ》しいんだけど、私、学校でさえ友達作るの苦手なのに……」

「大丈夫よ」

そこまで言うと、お母さんは私の前髪のカットに差し掛かった美容師さんに言う。

「前髪なんですけど、重さを残してもらえますか？」

「あ。は、はい」

美容師さんが頷《うなず》くと、お母さんはまた私に語りかけた。

「……花音《かの》には、歌の才能があるからね」

「私に……才能？」

お母さんは頷《うなず》いた。

「人の心を動かせる声をしてる。これはどんなに練習しても身につくものじゃない。天性のものよ」

「ほ、ほんと……？」

「ええ。私が保証するわ」

「あはは……なら安心だね」

私はお母さんの横顔を見つめる。自信満々で、まるで迷いなんて感じなくて。どうして私はお母さんから生まれたのに、こんなに性格は似てないんだろう、なんてことを考えてしまうことがよくあった。すっと通った鼻筋はお母さん譲りだね、なんてことを言われたことがあるから、きっと顔は似てると思うんだけど。

「……お父さんにも、私の歌、届くかなあ？」

「……さあ、どうかしらね」

ちょっと勇気を出して聞いてみた言葉は、やっぱりと言うべきか、あっけなく落とされる。

なんだか寂しくなって、私は俯《うつむ》いてしまった。

「こんな感じでいかがでしょう？」

カットを終えた美容師さんが、私たちに語りかける。椅子《いす》をくるりと回すと、目の前の鏡に、まるでアイドルみたいになった私が映り込んだ。

「似合ってるわよ、花音。……ううん」

お母さんは、私の耳にそっと、口を寄せた。

「今日からあなたは――橘《たちばな》ののかよ」

＊＊＊

数か月後。私はサンフラワードールズの稽古場《けいこば》にお邪魔していた。

……と、いうよりも。

「最高の歌声すぎる〜〜〜っ！」

「そ、そう……ですか?」

桃子《ももこ》ちゃんというメンバーが、私の歌声を褒めてくれた。

「ののかちゃん加入の新生サンドー、絶対売れるよ！」

あかりちゃんというメンバーが、ぴょんぴょんと喜んでいる。

私は今日から、このグループに加入することになっていた。

そんな中、このグループでセンターを務めているメロちゃんという女の子は、一人だけなにかを察して怒っている表情で、問い詰めるようにお母さんに言った。

「ねえ雪音《ゆきね》ピ！　いまのパートって！」

「そうね」

お母さんは家で私のよくないところを指摘するときに似た、冷たいトーンで。

「メロが歌ってた、センターのパートよ」

「待ってよ！　それって……！」

お母さんは、もう決まってしまった事実を告げるように言う。

「――ののかにはこれから、このグループのセンターを担当してもらうわ」

メロちゃんの表情が、わかりやすく歪《ゆが》んだ。


「ねえ」

数十分後、レッスン終わり。

レッスン室を出ようとした私は、サンドーの三人に呼びとめられていた。

「ののかちゃん、雪音さんの娘だって、ホント？」

桃子《ももこ》ちゃんが、じっと探るように言う。

「え、うん。私の自慢のお母さんだよ?」

答えると、三人のあいだに妙な空気が流れた。私は思う。自分はきっとまた、変なことを言ってしまったのだろうなって。

「……やっぱり、そうなんだ」

「やっぱりって?」

私があかりちゃんの言葉を聞き返すと、代わりに答えるみたいに、メロちゃんが口を開いた。

「いいよね。——いきなりセンター」

「あ……」

それだけで、なにを言いたいのか察してしまった。

「私も雪音ピから生まれたかったな〜っ!」

やっかみみたいなものだと思う。けど、プロデューサーの娘が突然加入してきて、センターをかっさらう。えこひいきだと言われて反論はできないと思った。それに私は自分で自分の歌に自信があったわけじゃないから余計、言葉が胸に刺さってしかたがなかった。

＊＊＊

「大丈夫よ。実力で黙らせればいいの」

夜。私は早川《はやかわ》プロダクションの社長室で、お母さんに話を聞いてもらっていた。

「けど、初日からみんなに嫌われたよ……」

「出る杭《くい》は打たれるものでしょ」

もうそろそろ日付が変わりそうだというのに、メールでもしてるんだろうか、お母さんはカタカタとパソコンに文字を打ち込みつづけている。

私はその隣で机に軽く腰掛けながら、小さい窓から見える夜空を眺めていた。

星がろくに見えない東京でも輝く月。

けれどあれは、本当は太陽の光を反射しているだけってことは、私でも知っている。


それってなんだか、私みたいだ。


「……あのさ、お母さん」

ふとあふれてきた気持ちは、泥まみれになった手で、不安と違和感をごちゃ混ぜにしたような、たぶん私がずっと抱えていたもので。

「なに?」

「……私、学校でもずっと、友達ができないしさ……」

にもかかわらず、これまで誰にも相談できずにいたのは。
それを口に出すことがなんだか、怖かったんだと思う。

「私って——変、なのかな？」

言わなければよかったかな、なんてことを最初に思った。
それは私のなかにずっとあったもので、けれどそれを言葉にしてしまったら事実に変わってしまうような気がして、ずっと見て見ぬ振りしていたもので。
だからそれを、汚い自分を一番みせたくないお母さんの前で言ってしまったことを、すぐに後悔した。
こんな汚い私だってバレてしまったら、お母さんに失望されてしまうかな。いらない子って思われてしまうかな。なんてことを考えると、こうして返答を待つほんの数秒すら、永遠みたいに感じられた。

「ねえ、ののか」

けれどどうしてだろうか。

お母さんはいつもみたいに強い眼差《まなざ》しのまま、野心的な温度で笑う。

「——私にはね、夢があるの」

私が言葉を繰り返すと、お母さんは仕事を切り上げてモニターの電源を切って、私に振り向いた。

「……え？　ゆ、夢？」

「そう。夢」

「それって……？」

聞き返すと、お母さんは野望を語るみたいに、子どもっぽい表情で。

「私が育てたアーティストが、五万人の前で歌うところを、見てみたいの」

「五万人……って、なんで？」

お母さんは、にっと自信満々に笑う。

「東京ドーム、満席」

「っ！」

それはやっぱり私の学校の男子みたいな、ってまで言うと失礼かもしれないけれど、無邪気で無鉄砲な表情で。けどその奥に絶対に実現させてやるって自信が見えるのがクラスの男子とは違う大人って感じで、私をワクワクさせた。

「私が最初から育てた子だけで、五万人同時に最高のエンタメを届けたいの」

「五万人に……」

想像もできなかった。私のクラスが三十二人だから、それが一〇〇〇クラス以上の人数。一〇〇〇人でも想像できないのに、本当に夢物語みたいだった。

けど、お母さんはきっとこういうことを、大真面目に言っている。

「それと比べたら変であることなんて、小さいと思わない？」

「っ！」

ほんとうに、そうだと思った。

なにも、間違ってないと思った。

もしも私が変なんだとしても。

そこに追いかけられる夢があれば、夢を与えてくれる誰かがいれば、私は前を向ける。

「だからね、ののか。歌う理由に迷ってるんだったら――」

お母さんは私の頰《ほお》を両手でぶにっと挟み込んで、

「――私のために、歌ってくれる？」


迷いも、不安も、私の心臓にぐちゃぐちゃとまとわりつく、どどめ色の感情も。

全部、その言葉が吹き飛ばしてくれた。

「……うん！」

私は気がつくと、太陽に向かってかしずくみたいに頷《うなず》いていて。

そのとき、わたしのなかで、なにかが変わったような気がした。


数日後。

レコーディングブースでわたしは、歌を歌っている。

不思議なくらい、のびのびと喉《のど》が鳴る。

つっかえていたものが取れたみたいに、すかっと声が通る。

迷いを吹き飛ばすために、不安から逃げるために歌っていたはずの声が、いまはなにか大きな夢を目指すために強く遠く、真《ま》っ直《す》ぐに、吐き出されている。

それはまるで、魔法みたいで。

進むべき道を見つけられたいまのわたしは、最強だって思えた。

ブースを出たわたしは、エンジニアさんとお母さんと一緒に、その歌を確認している。

「……良いですね。雪音《ゆきね》さん、このグループ、いくところまでいくんじゃないですかね？」

興奮気味に言うエンジニアさんに、お母さんはにっと勝ち気に笑った。

「もちろん、そのつもりよ」

＊＊＊

それからだいたい一年が経っただろうか。

「サマフェスのトリ!?」

メロの声に、お母さんが頷く。

「ええ。急遽《きゆうきよ》空いた枠に、ねじ込めたわ」

けれどわたしとあかりと桃子《ももこ》は、どこかすっきりしていない。

「けど、急遽空いた枠……って」

「もしかして……」

あかりと桃子《ももこ》が順番に言った。そして桃子はスマホでYahoo!ニュースを開く。

そこには『虹色少女《にじいろしょうじょ》』というアイドルグループのメンバーが『現実見ろバカ』という暴露アカウントによって未成年喫煙を告発され、アイドルフェスのトリを辞退することになった、というニュースが表示されている。

「私の雪音《ゆきね》ピ、しごできすぎ〜っ！」

メロは陽気に言うけれど、わたしは同調する気にはなれなかった。

「なんか……素直に喜べないな」

けれどお母さんは、冷めた口調で言う。

「確かに悲しいニュースね。だけど、私たちからしたら――これは大きなチャンスよ」

桃子とあかりは、愕然《がくぜん》とした表情を見合わせる。

そんななか、わたしもそんな形で自分の歌が広まることを、疑問に思っていた。

＊＊＊

数週間後。

わたしは一年ぶりに会う人と、渋谷《しぶや》で待ち合わせしていた。

宮下《みやした》パークでその人を待ちながら、わたしはスマホで『虹色少女』と検索している。

そこにはやらかしてしまったアイドルを正義感から叩《たた》く誹謗《ひぼう》中傷の声があふれていたけれど、それよりもわたしの頭に流れ込んできたのは、虹色少女のファンたちの悲痛な叫びだ。


『生きる気力を失った』

『明日から何を楽しみに生きていけば』

『絶望しかない』

『ちょっと横になる』


生きる気力、明日からの楽しみ、絶望。

わたしはサンドーとしての活動を続けて、ファンと何度も対話したからわかっていた。

ここで言っている生きる気力だとか絶望だとかそういう言葉は、きっと彼ら彼女らにとって、大げさなものではない。

本当に、文字通りの意味で『生きる気力』なのだ。

「っ」

検索欄にふと流れてきた本人たちの謝罪動画が、自動的に再生される。わたしはそれを見て、言葉を失ってしまった。

『……虹色少女です』

髪の毛が七色だったメンバーが全員黒髪にして、黒スーツを着て謝罪している。あんなに派手でカラフルだったのに、いまはモノクロのその光景は、直視できないほどに痛々しくて。

『この度は……誠に……っ！』

虹色《にじいろ》少女《しょうじょ》の面々が流す涙は、わたしの胸に、消えない違和感を残した。

＊＊＊

——宮下《みやした》パークのスターバックス。

——わたしはその人と定期的に会っていることを、お母さんに内緒にしている。

「そう。『見ろバカ』っていうの。けど、そういう形で売れるのって違うよね。だって、その子たちは悲しんでるし、ファンもいたわけだし……」

——お母さんはきっともうその人のことを好きじゃないし、わたしがそうしていることを知ったらきっと、わたしのことも少し、嫌いになってしまいそうだったから。

「え、わたし？　あっ！　そうだ！　今度歌詞を書かせてもらうことになったんだ！　ＰＲ用に一番を先に完成させないといけないんだけど、難しくてさ～。ね、どんなこと書けばいいと思う？」

――そんな計算高いことを考えながら会うなんて失礼だよな、なんて思いながらも、やっぱりわたしは、どっちのことも好きだったのだ。

「今日はありがと！　楽しかったし、気分転換になった！　あとね。……すっごく、嬉《うれ》しかったんだ！　……久々に、花音《かの》、って呼ばれた気がする！　なんーて！」

「それじゃ、またね！　――お父さん！」

――言いながら笑顔を作るけれど、わたしはきっと、わたしが橘《たちばな》ののかになってから。

毎日ずっと、寂しかったのだ。

＊＊＊

スタバで別れたわたしは、宮下パークのエスカレーターを一人で下る。

スパイキーショートの男の人に、インナーカラーを入れた女の子のカップル。ブラウンのオーバーサイズなセットアップにナイキのエアフォースワンを合わせてモードとストリートをミックスしているイケイケなお兄さん。短丈のジャケットにフレアすぎるくらいにフレアしたスラックスを会わせているお姉さん。わたしは仕事で何度か渋谷《しぶや》に来たことはあったけれど、そういえばここ最近仕事ばっかりで、プライベートで来たのは、初めてのような気がした。

新しさとかっこよさが集まる宮下《みやした》パーク。わたしはそんな街の雰囲気に刺激を受けていたけれど、そこにはどこか時代に合ったお洒落《しやれ》じゃないといけないような息苦しさもあって。

わたしはこの街——ううん、というよりも。

この『普通』が支配する世界で、上手《うま》く呼吸をできているんだろうか——

なんてことを思っていた、そのとき。

エスカレーターの下に、変な色をした壁画があるのが見えた。

「……変な色」

わたしはぼそりとつぶやく。

流行りとか、流れとか、普通だとか。

そんなものを無視したような自由な色合いは、どうしてかいまのわたしの心のなかに、すっと染みこんできて。

本当に、変なクラゲだって思った。

けど、その変なところに、わたしはどこか心惹《ひ》かれていた。

「……」

エレベーターを降りるとわたしはその壁画の側《そば》まで来て見上げ、その輝くクラゲに心奪われる。カラフルな色を放って、強く自分を主張しているクラゲは、渋谷の街でもひときわ異彩を放っていて。

「……変な色！」

異物でも、変な子でも、そのままでいいんだと肯定してくれているようなその佇《たたず》まいは、きっといま、大きな流れに流されっぱなしのわたしには、眩《まぶ》しいくらいに輝いていて。

自分を持っていなくて、強い人にしがみついて、自分のしたいこともわからなくて。

だけどわたしは本当は——このクラゲみたいに生きたかったのかもしれなかった。

「っ！」

はっと、閃《ひらめ》く。

すっと、息を吸い込む。

降りてきた言葉は言うならば——

わたしが、歌いたいこと。

わたしがわたしに向けて、歌いたいことだ。

「キラキラ泳ぐ君はただ……綺麗《きれい》で、強くて。……眩《まぶ》しすぎて！」

気がつくとわたしは空に向かって、まっすぐ手を伸ばしていた。踊るようにくるりと回ると、浮かんだフレーズを忘れないうちに、作詞ノートに書き込んでいく。

言葉にして誰かに話すのは怖いけれど、歌詞というかたちで言葉に変えたら、なんだかわたしのなかのもやもやが、キラキラしたものに変わっていくような気がした。

「真っ黒い前髪で……隠された私を。……うーん」

けれど、その先がなかなか思い浮かばなかった。

わたしはカラフルなクラゲを見上げて、しばらく悩む。

ふわふわと浮かんでいて、輝いているクラゲ。わたしはこの子のことが歌いたいと思った。

だけど、それをただクラゲと表現したのでは、そのまますぎてつまらないような気がした。

わたしはなにかヒントを得られないかと、スマホでブラウザを開いて、検索用のテキストボックスに『クラゲ』と入力――しようとした。

そのとき。

漢字変換の一覧に、ひときわ目立つ文字があることに気がついた。


――海月。


「っ！」

そっか。

海の月。

クラゲって、こういうふうに書くんだ。

なんだか綺麗で、けれど月の輝きはあくまで太陽の光を反射しているだけ、ってことは知っていたから、そんなところがなんだか妙に共感できて。

わたしはそのことを、歌ってみたいと思った。

うん。

だったら、こんなのはどうだろうか。

「真っ黒い前髪で、隠された私を。

――カラフルな、月の光が照らした」


なんだかすごく、しっくりきた。


それを言葉にしてみるだけで、色のないそれに隠された内側に、わたしのほんとうの色があるように思えてきた。

それを言葉にしてみるだけで、いまはまだ輝けないわたしに、もしくはこの曲を聴いた同じ気持ちの誰かに、希望を与えられるような気がした。


わたしはそんな歌を、歌いたいと思った。


優しく、そのクラゲの手を取るように、わたしはクラゲに腕を伸ばす。

「君と出会えた、夜の海――」

けれどどうしてわたしはこんなにも、この壁画に惹《ひ》かれているのだろう。

どうしてわたしはこんなにも、この輝きに魅入られているのだろう。

電撃が走るみたいに目がとまって、どんどんと言葉が降りてきて。

運命とか偶然だけでは説明しきれない、なにかがあるような気がした。

「……そっか」

考えてみると、わたしは案外すんなりと、その答えに行き着いた。

ふわふわ流されて、自分を持っていなくて。

だけど、もしかしたらこんなふうに輝けるかもしれない。

ううん。輝きたいって、思っている。

そう。つまり――

「その輝きに、恋したんだ」

――わたしはきっと、クラゲに似ているのだ。

＊＊＊

我に返る。感傷的になって、いらないことをいくつも思い出してしまった。

ううん、これはわたしにとって大切な記憶だから、いらないなんて思っちゃいけないな。

わたしがクラゲに似ていると気がついたきっかけで。

わたしがクラゲを好きになったきっかけの、大切な壁画。

わたしはあのときと同じ壁画を、けれどあのときとはまったく違う気持ちで眺めている。

「まひる……」

壁画の左下。あのときは読めなかった消されてしまった文字の下。

今日まで気がついていなかった。まひるはこれを、いつ書いたのだろうか。いや、なんとなくあのときなんだろうと、想像はできる気がした。

決意のような、覚悟のような、そんな思いがこもった文字で。

——海月《うみつき》ヨル。そう書いてある。

「大丈夫、だよね……」

わたしは祈るように言うと、まひるが前に進みはじめた証《あかし》を、指でなぞった。

それと同時にわたしの頭に蘇《よみがえ》ったのは——一番、思い出したくない記憶だ。

＊＊＊

虹色少女《にじいろしょうじょ》の欠場により、サンフラワードールズがフェスのトリを務めてから数か月後。

お母さんに鍛えられたパフォーマンスで、アウェイにもなりかねなかった会場の空気を摑《つか》み、代役という大きなチャンスをモノにしてみせたサンフラワードールズは、少しずつテレビの仕事も増えはじめていた。深夜帯の番組や地方局の仕事が多かったものの、メンバーが揃《そろ》ってから一年ちょっとということを考えると、十分なスピードだったと思う。

ある日のテレビ局。わたしはスタジオ付近のお手洗いから出ると、その近くにある小さな椅《い》子《す》に、スマホの落とし物があることに気がついた。ピンクと黒を基調にした立体的なクマのキャラクターがあしらわれた、特徴のあるカバーだ。

「あ。これ……」

間違いない、メロのスマートフォンだ。アイドルとしてはかなりパンチが効いたデザインだったから、覚えやすくて助かるなあ、なんて思いながら、わたしはそれを持ち上げる。

それを、見るつもりだったわけではない。

けれどスマホを持ち上げたことで反応した画面が、自動的に点《つ》いて——

わたしの目には、想像だにしなかったものが飛び込んできた。

メロのスマートフォンには。

『現実見ろバカ』チャンネルにコメントが書き込まれたことを知らせる通知が届いていた。

「え……」

声が漏れる。これは一体、どういうことだろう。目の前にある事象をそのままに捉《とら》えるなら、本当に単純な、受け入れたくない事実がそこにあるだけだ。

けれど例えば、見張るために通知をオンにしているから、だとか、いろいろな可能性がまだ残っている気がした。少なくともわたしはYouTubeチャンネルの管理者に届く通知がどんなものかは知らなかったから、それだけで一〇〇パーセントとは言えなかった。

「……っ」

この先の真実を、知らないといけない気がした。

わたしは罪悪感を覚えながらも、その通知をタップする。

なにかの間違いであってほしくて。

ただのわたしの思い違いってことで、すべてが終わってほしくて。

けれど無情に表示されたロック画面が、わたしを阻《はば》んだ。パスワードは四桁《けた》。メロの誕生日、サンフラワードールズの結成日、デビューシングル発売日。どれを試してもダメで、きっとそろそろ、短期間で何度も間違えすぎたことで、完全なロックがかかってしまうだろう。

「……あ」

そのとき。

わたしの視線は、メロがロック画面の背景に設定していた写真に吸い込まれていった。メロが背景に設定していたのはわたしのお母さんとメロのツーショットで、本当にメロはお母さんが好きなんだな、と思う。

そして——ということは。

もしかしたら。

わたしは一つずつ、数字を入れていった。

それはたった一つの根拠しかない、ある意味直感に近かった。

だけどきっと、これは間違ってないんだろうって、入れる前から思っていた。

だからわたしはその四桁を入れていくとき、指が震えていた。

0・1・2・1。

メロの推し、であり――そして。

わたしのお母さんの、誕生日だ。


「あ……」

ロックが開く。見ろバカチャンネルのホームが表示される。

そのYouTubeアプリの画面には『見ろバカ』のアイコンやプロフィールを編集、動画を投稿できるメニューが表示されていた。

つまりメロは――見ろバカチャンネルの管理者、として、ログインしていた。

「お疲れさまです～……って！　お前なに勝手に！」

廊下の向こうからやってきたメロが、わたしの姿を見つける。走って近づいてきたメロに、勢いよく携帯を奪われた。

「ねえ……メロ」

だけどわたしはそれが見つかってしまったことよりも、今はもっと、確認しなきゃいけないことがあると思った。

「嘘《うそ》……でしょ？　見ろバカって……メロだったの？」

わたしはここまで証拠が揃《そろ》ってもまだ、信じたかったのかもしれない。

決して仲がいいとは言えなかったけれど、それでも一年以上同じステージで歌って踊ってきたメンバーなのだ。ライバルみたいなもので、きっとメロはわたしのことを嫌いだったけれど、それでも同じ夢を追いかけた仲間だったのだ。

そんなメロがこんな卑劣で、人を傷つけることをしていただなんて、思いたくなかった。


けれど、メロは。

はあ、とため息をつくと、醒《さ》めた目でわたしのことを見ていた。


「――よかったじゃん、私のおかげでトリで歌えて」


開き直ったようにわたしを睨《にら》んで、ドスの利いた声で挑発するように。

メロは自分が見ろバカであると、認めたのだ。

その上で、自分のやったことを、正当化しようとしている。

「……っ」

いままで湧《わ》いたことのない感情が、わたしの心を支配した。

わたしは本当はこれを抑えないといけない、振り切らないといけない。
だけどわたしの頭に浮かんでいたのは、見ろバカが貶《おとし》めてきたアイドルたちのファンの声、泣いて謝罪していた虹色少女《にじいろしょうじょ》の顔だ。

――『ちょっと横になる』
――『絶望しかない』
――『明日から何を楽しみに生きていけば』
――『生きる気力を失った』

アイドルって仕事は、ファンを笑顔にするためにあるんじゃないのか。
アイドルって仕事は、歌と輝きをみんなに届けるためにあるんじゃないのか。

――『……虹色少女です。この度は……誠に……っ！』

けど。
きっとメロがやっていることは。

アイドルとは、真逆だ。

「ッ!!」

わたしの拳《こぶし》に――メロの肉と骨の混じった、生々しい人間の感触がこびりついた。

＊＊＊

数分後。もうすでに人が集まってきてしまっていて、来ている人のうちの何人かが、わたしにカメラを向けている。視線の先には座り込んで頬《ほお》を押さえているメロと、我に返って、呆然《ぼうぜん》と立っているわたしがいる。わたしの拳は赤く腫《は》れていて、きっとメロが押さえているメロの頬は、それよりも大きく腫れ上がっているのだと思う。

我に返ったいまも、してはいけないことをしたとは思っていない。

けれど到底、ベストな選択肢ではなかっただろう。

きっと全部、終わってしまうのだ。

背負ってきた思いも。

積み上げてきた信頼も。

お母さんと一緒に追いかけていた、キラキラした夢への道も。

騒ぎを聞きつけたのだろうか、早足でやってきたお母さんがわたしたちのところに歩いてきて、わたしとメロを交互に見る。

「何事?」

「あ……」

わたしの口から、小さな声が漏れる。

メロの顔に腫れた痕《あと》があって、わたしの手にも同じ痕跡《こんせき》がある。

それだけでお母さんは、すべてを察してしまうだろう。

そのときわたしの心を支配していたのは、胃に穴が空きそうなほどの、恐怖と不安だった。崖《がけ》の上ギリギリのところに立つお母さんが手をまっすぐ伸ばして、赤ん坊になったわたしを斜め上に抱き上げている。わたしの真下には地面はなくて、暗く先の見えない闇《やみ》だけが広がっている。だけどいままでのわたしは、自分の足で立つってことをしてこなかったから、この先どうなるかのすべてを、自分以外に託すほかなかった。だから手を振り払って自分で立つとか、飛び退《の》いて走って逃げるとか、そんな選択肢は浮かばない。ずっと誰かにしがみついたまま、今日まで生きてきた代償だ。

もしかしたらわたしは今日、全部を失ってしまうかもしれない。

そう思った。

＊＊＊

それから先のことを、わたしはあまり思い出すことができない。

わたしの頭のなかにあるのは、ただぐちゃぐちゃになった記憶の断片だけだ。

『え……暴力？』

『ののかのせいなんでしょ⁉ なんで私たちまで休止しないといけないの⁉』

——あかりと桃子《ももこ》の声だ。信じられないって気持ちと、もしかしたらあの子なら、って気持ちが入り交じっている声は、憐憫《れんびん》と疑心が混じってわたしに響く。どこかグループで浮いていて、理屈よりも先に体が動いてしまうタイプのわたしがしでかしたことに、いつかあの子たちは納得するのだろう。わたしがほんとうの意味で信頼を築こうとしていたのは、きっと一人だけだったから、自業自得だ。

『ののたん……嘘《うそ》だよね……？』

『橘《たちばな》さんがそんな人なんて……』

――ファンのみんなや、スタッフの声だ。何度もお世話になって、何度も握手をして、何度もファンサをして。そうして信じてもらったのに、自分の一部を、わたしに預けてもらえたのに。わたしはその全部を、裏切ってしまった。こんなの、やってることは見ろバカと同じだ。

『……痛い』

――メロの声だ。わたしを責めるように睨《にら》みつけるメロの頰《ほお》は、嘘じゃなく赤く腫《は》れてしまっていて。わたしは少しずつ、自分のやってしまったことの取り返しのつかなさに気がついていた。

顔も晒《さら》して、本名だって、知っている人は知っていて。

そんな状態で誰かの体を傷つけてしまったら――

インターネットに刻まれるわたしのこの『傷』はもう、一生消えることはない。

わたしは一生この罪とともに、生きていくしかないのだろう。

そして。わたしは薄々気がついていた。

傷モノになってしまったわたしはきっと――
価値を失ってしまったわたしはきっと――

――もう、いらない子なのだ。

『ののかは、私の邪魔をするのね』

ぱっと、お母さんの手がわたしから、離れたような気がした。

＊＊＊

ぐちゃぐちゃの記憶が終わったあと、思い出せるのはまた、壁画の前に座り込んでいたわたしの記憶だ。お母さんが決めた黒い髪に染まったままのわたしは、全部を失った気持ちで、また空を見上げていた。

わたしは壁に体重を預けて地面に座り込みながら、夜の渋谷《しぶや》でただ呆然《ぼうぜん》としている。

いつからわたしは、ここにいるんだっけ。

全部がどうでもよくて、世界がモノクロで。どうしようもないくらい、一人ぼっちで。

見上げたそこは、少し前までカラフルに見えていた、わたしの大好きな壁画がある。

「……」

芸能界からもお母さんからも、メンバーからもファンからもスタッフからも見放されたわたしは、世界から自分だけが切り離されたような気持ちで。

だけどこのクラゲだけはまだ、わたしの味方でいてくれているような気がした。


輝きたいって気持ちを、取り戻せたきっかけで。

わたしが初めて作詞した曲の、大切なモチーフで。


顔も名前も知らないけれど、もしかしたらそれは、ある意味わたしの初恋かもしれなかった。


全部が空っぽになったわたしは、ここから体を離したらもう、体がバラバラに千切れて、霧みたいに散っていってしまうような気がした。

だって、わたしがわたしでいられる理由は、もうどこにもなかったから。

「果ての見えない　夜の海――」

わたしはその歌を口ずさむ。
この場所で出会って、この場所で生まれた、大切なその歌を。

「まだ小さな私の色――」

わたしの色は、本当に小さい。
誰かに照らしてもらわないと、誰かに必要としてもらえないと、あっという間になにもかも見失ってしまうくらいに、わたしは空っぽだ。

「いつの日か　いつの日か――」

太陽の輝きを反射する月の輝きがまた、カラフルな海の月を照らしている。
この子が強く輝いてくれていたから、わたしはこの雑多な街でも、この子を見つけられた。
そう。誰かに見つけてもらうためにはきっと、誰よりも輝いていないといけないんだ。

そこで、わたしは気がつく。

「あはは……そっか」

本当にくだらなくて、子どもっぽくて、嫌になる。
これが――こんなくだらないことが、わたしの望みだったんだ。

「誰か　見つけてくれますように――」

＊＊＊

思い出したくない記憶はきっと、これで全部だ。

わたしは黒かった髪の毛を金色に染めて、青いメッシュまで入れて。

でもその色を選んだことに、なにか美学があったわけではない。

このクラゲみたいに、光を反射するような明るさがあれば、自分がちょっとでもカラフルに見えるような色彩があれば、なんでもよかった気がする。

だからまひるがこの壁画にわたしみたいなウィンクを入れてくれたとき。

JELEE《ジエリー》ちゃんとして、このクラゲとわたしを合わせたみたいなキャラクターを作ってくれたとき、本当に嬉《うれ》しかったのを覚えている。


だってわたしはずっと。

ううん、わたしのほうこそずっと。

——このクラゲみたいに輝きたいって、思ってたんだから。


「あ……時間」

これから二十分後に、カフェバーでJELEEの定例会議がある。

「……よし！」

またみんなに会える。

大好きなまひると、めいと、キウイと、言葉を交わすことができる。

それだけでわたしはこの普通な世界でも、息をすることができる。だから——

嫌な予感を無理やり払拭《ふっしょく》するみたいに、わたしは両手の人差し指で口角を持ち上げて笑顔を作ると、たたっとカフェバーの方向へ駆けていった。

＊＊＊

カフェバー。JELEEの四人が集まると、わたしは早速、定例の会議を始める。

「まずは進捗《しんちょく》報告だね！」

心のどこかに引っかかったままの不安を見て見ぬ振りしながら、いつもの調子を作って言う。

「まず歌詞だけど……タイトル以外はほぼできたから……来週にはできると思う！　じゃあ次は……」

「――あのさ、花音《かの》ちゃん」

まひるが、どこか深刻な調子でわたしの言葉に声を重ねた。

「うん？　どーしたまひる！」

声が少し、震えてしまったような気がした。

きっとその声の調子からいって、ただの雑談というわけにはいかないだろう。

わたしはまひるからあの人からの仕事の依頼の話を聞いてから、そのことばかり考えていた。

「……ごめん。実は話さなきゃいけないことがあって……」

「……うん」

相槌《あいづち》を打つ。まひるがこんなふうに言うのだから、きっと話題はわたしが心配していることについてだろう。

「このあいだ話したでしょ？　雪音《ゆきね》さんの、依頼のこと」

まひるの言葉に、キウイとめいが息を吸ったり、ガタッと体を動かしたような音が聞こえた。けれど、わたしはまひるの言葉が紡がれていく唇だけを見ていたから、どっちがどっちのものなのかはわからなかった。

「本当にごめん。私やっぱり……その依頼、受けたい」

「え……」

声が漏れる。

そのときわたしのなかに湧《わ》いていた感情は、怒りや失望ではなくて――どちらかと言えば、怯《おび》えに近かった。

「じゃあ……MVはどうなるの？」

声の震えが、抑えられなくなっていた。

思い出していたのは、あのときの恐怖。

崖《がけ》で手を離されたときのような、どうしようもない落下感。

わたしは必要なくなったんだと気がついたときの、眩暈《めまい》のように視野が端から暗くなっていく感覚だ。

「スケジュールがほとんど被《かぶ》ってて……どっちもやるのは、難しそうなんだ」

「難しそう、って……」

受け入れたくない言葉を繰り返して、自分のなかで咀嚼《そしゃく》する。けれど決して、消化することはできなかった。

「待って……約束したよね？　……年末に大作をアップしたいって。わたしそれからずっと、そのことばっかり考えてたんだよ？」

縋《すが》るように言うけれど、きっとまひるの気持ちはもう、決まっているのだろう。

そのことがきっと、わたしにだけは痛いほどわかった。

だって——

「本当に、ごめん。でも、やってみたくなったの」

——強くわたしに向けられている瞳《ひとみ》の奥には、あの人がいるような気がしたから。

「大きな舞台で……自分を試してみたい」

「……っ！　なんで……!?」

「……私、花音《かの》ちゃんと出会う前は、自分のことが大嫌いだったんだ。……けどいまは、絵を描いてるときだけは、自分のこと、好きになれてきて」

なんだか、わかる気がした。

だってわたしもアイドルをやっていたころ、ドームを五万人で埋めるという夢を追いかけているあいだは、そのために歌っているあいだは、自分のことが好きになれていた。

夢ってものには、目標ってものには。

空っぽの寂しさを忘れさせるような、そういう麻薬的な力がある。

「だったら、JELEE《ジェリー》で描けばいいじゃん！　まひるはこの一年、楽しくなかったの!?」

「楽しかったよ、すっごく楽しかった！　……けど、違うの」

「何が!?」

「――楽しかったから……違うの」

言葉の意味が、わからなかった。

わたしが自分を受け入れるきっかけをくれた海月《うみつき》ヨルと出会えて、いまは一緒に歌を歌えて。

そんな奇跡みたいな関係以上に優先すべきことなんて、ほかにあるだろうか。

けれどまひるは唇を噛《か》んで、小さく首を横に振っている。

「私……もっと、上手《うま》くなりたい」

まひるは感情を込めて、わたしに訴えかける。

「私の絵のこと……自分のこと！　もっとちゃんと好きになりたいから！」

目の奥で燃えている火には、なにか大きく頼りがいのある、後ろ盾があるように感じられて。

そっか。

そこでなんだか、まひるのなかにあるそれの正体が、ぜんぶ腑《ふ》に落ちてしまった。


わたしたちが出会った渋谷《しぶや》の夜。

わたしはあのとき、絵を描く理由を見失っていたまひるに、わたしのために描いてよ、なんてことを言って、まひるが頷《うなず》いて。匿名アーティストとしてのJELEEが生まれた。

だけど今度はわたしが揺れはじめて、歌う理由に迷って。

一緒に行ったお台場《だいば》の海では、私のために歌って、なんて言葉を返してもらえて。

わたしたちはお互いのために歌って、絵を描く。そんな関係を築けているはずだった。


なのに。


無意識に奥歯がこすれて、ぎぎ、と鈍い音が鳴る。

どくどくと流れる血液で熱くなった頭と狭くなっていく視界がわたしから冷静さを奪った。

そう。
まひるはきっと――これから。

あの人のために、絵を描こうと思っているのだ。

「まーまー花音《かの》！　なにも解散ってわけじゃないんだしさ！　ＭＶは今回の仕事が終わったあと、また作れば――」
「そ、そうですね、来年に――」

わたしのことをなにもわかってない外野が、ごちゃごちゃと五月蠅《うるさ》いな。
ぜんぶが、本当にぜんぶが、鬱陶《うっとう》しかった。

「――そういう問題じゃないッ!!」

気がついたらわたしは、叫んでいた。

三人がわたしを、無言でじっと見る。
「……結局みんな、わたしを一人にするんだ……」
わたしの言葉に、まひるが「え……」と声を漏らした。
きっとみんな、わたしがなにを言いたいのか、半分もわかっていないだろう。

というよりも、わたしだってわたしがこれからなにを言うのか、わかっていないのだ。

「わたしのために絵を描くって言ってくれたのに、結局自分のために描くんだ！　結局ッ!!」

ああそっか、わたしはやっぱり、こんな理由で怒っているんだ。

「嘘《うそ》つき……！　嘘つき!!」

こんなこと、本当は言いたくない。

だけどわたしの言葉は、止まらなかった。

「お、おい花音……！」

キウイがわたしの肩に手を置く。けれどわたしはそれを、勢いよく払ってしまう。

「つ……っ！」

キウイが驚いたように払われた手を押さえて、わたしを見た。けれどわたしは、じっとまひるを睨《にら》みつけている。

まひるは――わたしよりも、あの人を優先したんだ。

まひるのなかの一番は――わたしじゃなくて、あの人なんだ。

「自分の絵を自分で変だなんて言って、ずっと迷ってて！　わたしがいなかったら、いまだって絵、描けてなかったんじゃないの⁉」

たぶんこんなまひるが一番傷つく言葉をすらすら言えてしまうのは、わたしが誰よりも、まひるの気持ちをわかってしまうからだ。

だけどそれは、わたしがまひるを理解しているから、という意味ではない。

「まひるは……ヨルは！」

一人では輝けなくて、誰かのために歌うことでしか、自分の意味を見いだせなくて。

そう。――わたしは。

山ノ内花音《やまのうちかの》は、きっと。

「ヨルは、泳げないクラゲなんでしょ!?」

誰もいない水槽に沈んでしまった――一人ぼっちのクラゲなのだ。

「っ」

言ってすぐ、わたしはそれを後悔した。
きっといまわたしが言った言葉は――勢いで言ってしまったにしても、一線を越えている。
まひるの一番柔らかいところに手を突っ込んで、まひるの根っこにあるトラウマを引っ張り上げて、まひるの在り方を否定した。
そんなこと、到底許されるはずもない。
いまからでもいい、謝らないといけない。
わたしは我に返って、ふっとまひるの顔を見る。

そのときわたしは、言葉を失ってしまった。

怒ってくれたらよかった。それこそわたしのことを、殴ってくれたってよかった。
だけどまひるは――わたしの言葉を正面から受け止めて。

「——そんなふうに、思ってたんだ」

涙を浮かべながら、悲しく笑っていた。

＊＊＊

わたしは部屋のロフトの上で一人、布団に横たわって歌を歌っている。

「果ての見えない夜の海——」

それはわたしが世界で一番大好きな歌で——

同時にたぶん、世界で一番、大嫌いな歌だ。

「まだ小さな私の色——」

わたしは徐々にかすれていく声を自覚しながら。

わたしを支えてきた『理由』が壊れた瞬間のことを思い出していた。

『――私のために、歌ってくれる？』
『ののかは、私の邪魔をするのね』

あの人の言葉だ。
わたしに歌う理由をくれて。
けれどすべてを台無しにしてしまったわたしに失望した、あの表情。

『私のために歌ってよ！』
『――そんなふうに、思ってたんだ』

まひるの言葉だ。
ただの反抗期みたいになっていたわたしにもう一度、理由をくれて。
けれど、またわたしが台無しにしてしまった、大切な居場所。

いまのわたしには、もうなにもない。

居場所も、理由も、起き上がる体力も。
ぜんぶ、ぜんぶ。

「いつの日か、いつの日か……っ」

声が崩れる。
過去のわたしが歌詞に込めた願いが、いまのわたしに突き刺さる。
このフレーズがこんなにもわたしに響いてしまうってことは、きっと。

――やっぱりわたしはあの頃と、なんにも変わっていないんだ。

「――誰か、……見つけてくれますように……っ」

そのフレーズを口ずさんだら、ぐずぐずとみっともなく、涙があふれてしまった。
たぶんそれが、わたしの唯一の願いで。
一人ぼっちになりたくないわたしが求めていた、子供っぽい欲求だ。
輝いたものに寄りかかりたくて。捨てられるのが怖かった。

枕《まくら》の傍らに置いたスマートフォンにはJELEE《ジエリー》のXアカウントが表示されていて、そのフォロワー数は一〇万人を突破している。

「あはは……そっか」

そこでわたしは、やっと自分がしたかった、ことに気がついた。

「一〇万人……」

わたしはいつも枕元に置いているJELEEのリーダーの証《あかし》を指で摘《つ》まみ上げて、窓から入り込む月の光に透かす。

ヨルのクラゲは光を乱反射して、あの壁画のように、カラフルに輝いていた。

わたしはただ、ほんとうの私を。

「――お母さんが見つけたのは、まひるだったんだなあ」

誰かに、見つけてほしかったのだ。

10 めいのお仕事

「花音《かの》のやつ、どうしたんだよ……連絡も取れなくなりやがって……」

深刻な表情で、キウイさんが言います。

「けどいまは……私たちにできることを、やるしかないですね……」

私もキウイさんに頷《うなず》いて、深刻な言葉を返しました。

「だな……。私たちにできること……」

決意して私たちは強く前を向きました。

扉が開くと、太陽の光が、私たちに差し込んできます。

そんな光が照らしたのは——

カフェバーの制服を着た私たち二人の姿でした。

「「……いらっしゃいませー！」」

今日がののたんとまひるさんがいなくなったカフェバーの、ヘルプバイト初日です。

＊＊＊

「なあ。私たちにできることって、ホントにこれで合ってるか？」

洗い場でグラスを洗いながら、キウイさんが言います。

ののたんとまひるさんが、それぞれ別の理由でバイトを休止することになってしまったいつものカフェバーは、メインで働いていた二人が一気に抜けてしまったので、とても回らなくなってしまっていました。

JELEE《ジエリー》にとってはもう欠かせない場所になったこのお店だったから、私はここを守ることを、キウイさんに提案したのです。

「だって、ここはののたんの……居場所なんですよ!?　充電期間が終わるまで、私たちで守らないと！」

「……充電期間、か」

キウイさんがぼそりと、意味深に言います。

私はののたんが数日前、私たちに話してくれたことを思い出します。

「活動休止したいって……なんでだよ？」

私はののたんとキウイさんの三人で、宮下《みやした》パークにいました。

「わたし、気付いちゃったんだ。わたしって、こんな小さなことのために歌ってたんだって。わたしの歌う理由って、こんなものだったんだって。そう思うと……怖くて……歌えなくて」

「歌う理由……」

それはなんだか、少し違うかたちで私にも思い当たる節《ふし》がある言葉でした。

「ごめん。だから、歌いたいこととか、歌う理由とか……そういうものが整理できるまで、一人にしてほしいんだ」

その言葉にはお願いというよりも、もうすでに決まっている答えを、ゆっくりと告げられているようなニュアンスがあって。

「……わかりました」

ののたんの言うことを信じると決めている私は、ただ頷《うなず》くしかないのでした。

思い出して何度も頷くと、私は改めて決意を固めます。

私はののたんの言葉を頼りに、苦手な接客に挑戦しているんです。

私がののたんから託された、大事な大事なお仕事なのですから。

「……だから、それまで私たちが守りましょう！　この場所も……JELEE《ジェリー》も！」

「……そうだな」

「歌う理由、ってののたんは言っていました。それが見つかったら、整理できたら！　ののたんは絶対に戻ってきてくれます！」

「……理由、か。……なんなんだろうな」

けれどもキウイさんは、どこか上の空な様子で、私に返事をします。

なんと言えばいいのでしょうか。キウイさんは私にぜんぶを話してくれていない様子で。

言葉を選ばずに言うのならば――私はそれが少しだけ、気に食わなかったのです。

「……なにか言いたいことがあるって顔ですね？」

「え？　いや、そんなこと……」

「ダメです」

私はむっとして、キウイさんを睨《にら》みました。

「私たちは仲間じゃないですか！　キウイさんは頭がいいんですから、一人で抱え込まないでください！　私はすこぶる頭が悪いので、教えてもらえるまでなにもわからないんですよ⁉」

「なにを自信満々に言ってるんだよ……」

わーわーと大騒ぎする私を、キウイさんとお客さんがじっと見ます。そういえば接客中なんでした。

しばらくするとキウイさんが観念したようにため息をついて、「あのさ」と話しはじめます。

「……花音《かの》は休みたいだけって言ってただろ？　けど……」

キウイさんは、ふいと私から視線を外して、

「ひょっとするともう――戻ってこないかもしれないよな、って」

気まずそうに、けれどだからこそ、真実味のある言葉で。

だけど私は、キウイさんを真っ直《ます》ぐ見つめました。

「……私は、信じます」

私が意志を込めて落とした言葉に、キウイさんがはっと顔を上げます。

「……ののたんは、そんな弱くありません。ののたんは……ファンだけは絶対に裏切らない、アイドルだったんですから！」

「……そうだな」

私の言葉に、キウイさんも納得してくれたみたいです。

「だから、やっぱり守りましょう。この場所も、JELEE《ジェリー》も！　ののたんが理由を見つけられるまで！」

「……だな」

思いを共有すると、私たちは二人で頷《うなず》き合いました。

そんなときです。

「すいませーん」

店内にいた男性のお客さんから、声がかかりました。私はののたんの居場所を守るためにも、全力でそれに対応します。

「は、はい!!」

「スクリュードライバーください」

私の頭にはきょとんと、ハテナマークが浮かびました。

「ド、ドライバー!?　……どこかのネジが外れたんですか？　すぐに私が！」

「はあ？」

眉《まゆ》をひそめて、怪訝《けげん》な目で見られてしまいました。ひょっとしてドライバーって、ネジを締める以外になにか使い道があるのでしょうか。

「じゃあ、そっちのお姉さん」

お客さんは面倒くさそうに、今度はキウイさんに振り向いて声をかけます。

「あ、すいません。私、洗い場専門なんで、接客はちょっと……」

「はあ？」

ますます眉《まゆ》をひそめて、お客さんはいよいよ困惑、といったふうに私たちを見ています。

そんな様子を見た店長さんが、痺《しび》れを切らしたように言いました。

「……キミたち、ちょっとこっち」

＊＊＊

店長さんに締め出されてしまった私たちは、カフェバーの階段を降りたところで顔を見合わせていました。私はかごに入れたポケットティッシュを持って立っていて、キウイさんは出前の荷物を持って、カフェバーの出前用のバイクに乗っています。

「接客、難しいです……！　私全然、お店を守れそうにないです……！」

私が重大な責任を感じながら言うと、キウイさんは達観したようにため息を吐《つ》きます。

「……人には得手不得手があるからな。それなら、接客よりはできるんじゃないか？」

「はい……たぶん」

私が任されたもの。それはお店のチラシが入った、ティッシュ配りでした。

「……キウイさんは」

ぶんぶん、とバイクのお尻《しり》から煙をふかせながら、キウイさんは苦笑しました。

「お得意様に出前。いま話題のインフルエンサーさんだってさ」

「……え。花音《かの》ちゃんが、休止……」

自分の部屋。私は机の前に座って絵を描きながら、キウイちゃんにJELEE《ジェリー》の現状について教えてもらっていた。通話からは風切り音が聞こえてきていて、バイクでどこかに走っている途中らしい。詳細はどうしてか、ぼかして教えてくれなかった。

『ああ。自分の歌う理由に気がついて、歌えなくなったんだって、言ってたけど……』

「っ」

歌う理由。その言葉を聞いて、胸が苦しくなった。

フォロワー一〇万人にこだわる理由がわからなくなって、歌う理由に迷って。そんなとき私はあのお台場《だいば》の海で、花音ちゃんに『私のために歌って』と告げた。

私の自惚れでなければ、きっとあの言葉は花音ちゃんの心に届いていたと思う。きっと花音ちゃんが前を向くための、大切な理由になれていたと思う。……だけど。

──『ヨルは、泳げないクラゲなんでしょ⁉』

「……っ」

言葉が蘇《よみがえ》る。それが、花音《かの》ちゃんの本音だと思ったわけではない。

きっと花音ちゃんのなかに譲れない一線があったんだろうなって思うし、だとしたらそれを知るまで、私はあの件について答えを出すことはできない。

けど——悲しかったことは、確かだった。

「あのとき言われたこと、ね」

私が切り出すと、キウイちゃんの息を呑《の》む音が聞こえる。

「たぶん、私が一番言われたくないことだったんだ」

『……そうだよな』

すぐに理解してくれた。私は自分が泳げないクラゲなのが嫌で、だけど、あの水族館の光景と、花音ちゃんの輝きによって、自分のクラゲな部分を好きになれてきて。

だから——そんな新しい自分を、無理やり暗い景色に戻してしまうような言葉は。

クラゲの輝きを握りつぶしてしまうような言葉は、これ以上ないくらいに私に刺さった。

「だから冷静になれないで、あのまま話せないままだけど。……いまね。ちょっと思うんだ」

私は私が花音ちゃんに言ったことを、思い出す。

——『本当にごめん。私やっぱり……その依頼、受けたい』

それはただ、私がこれからしたいと思っていることを、事前に伝えただけとも言える。けど。

「もしかしたら私が言ったことも、花音ちゃんが一番言われたくないことだったのかな、って」

『まあ……かもな』

キウイちゃんも緩やかに肯定した。

私は花音ちゃんから、暴力事件のことも、お母さんのことも。ほとんどなにも聞けていない。だけどあそこまでの拒否反応を示すということは、きっと私の決断そのものが、花音ちゃんの一番柔らかい部分を刺激してしまう行為だったのだと思った。

「……私、やっぱりもう一回、花音ちゃんと話さないと」

『そうなんだけどさ……実は、私たちですらいま、花音と連絡取れてないんだよ』

「え……」

初耳だった。

『だからさ。まあ、なんというか――』

もったいぶるように言うキウイちゃんに、私は「う、うん」と縺《もつ》れた相槌《あいづち》を打つ。

『一番揉《も》めてるまひるは余計、無理だろうな』

「ちょっと、言い方っ！」

私がツッコミを入れると、キウイちゃんはくすくす笑う。キウイちゃんはいつもこういうとき、悪いジョークで場を和まそうとする。でもいまのはさすがにブラックすぎない？

『だからまひるは、そっちをがんばれよ。花音《かの》ももう少ししたら、頭が冷えるだろうからさ』

「そうだと……いいけど」

言葉が濁ってしまうのは、予感があったからだ。

「……このまま戻ってこないなんてこと、ないよね？」

私の言葉に、キウイちゃんはしばらく沈黙する。

『……。……なーに言ってんだよ！　JELEE《ジエリー》の絆はそんな浅いもんじゃないだろっ！』

その言葉にやや空元気の温度があったことは、幼馴染《おさななじみ》の私には伝わったけれど、

「……うん、だよね！　大丈夫、この仕事が終われば、また……！」

祈るように、信じるように。私たちは前向きな言葉を重ねた。

『それじゃあ、またなにかあったら言ってくれ』

「うん。けど、飛び出したのは私なわけだし、なるべく一人でがんばってみる」

『……そうか。わかった。じゃあまた』

「うん。また」

そうして、電話が切れる。私はまた、私の絵と私だけの世界に戻ってきた。

「……休止、か」

JELEEのXアカウントを開く。するとそこには、竜《りゅう》ヶ崎《がさき》ノクスからのお知らせという見出

しとともに、JELEE休止の告知ポストが投稿されていた。

そうして流れでJELEEのハッシュタグを開くと――もう一つ目に入ったもの。

私ははあ、とため息をつく。

そこに貼られたリンクを開くと、『海月《うみつき》ヨルは激カワ女子高生!?　彼氏は？　スリーサイズは？』という最悪すぎるタイトルのまとめサイトが表示された。

花音ちゃんと橘《たちばな》ののかがつながったことによる炎上・顔バレは、徐々にネット民たちの好奇心の対象となり、ネットの各所に散らばる情報から、メンバーである私にも波及したのだ。

ハロウィンにみー子さんのライブを乗っ取ったときの映像から壁画のプレートに行き着き、私が石で彫りつけた『海月ヨル』の名前が裏目に出て、同一人物説が浮かび上がった。さらにJELEEちゃんのデザインと壁画の絵が似ていることや、壁画にリップを塗った私の映像も残っている。そして極めつけには――みー子さんに密着したときにアップされたスポーツジムの写真のガラスに、私たち四人が映り込んでいた。あれ？　なんか私たちみー子さんをきっかけにめちゃくちゃ顔バレしてない？

私は眉《まゆ》をひそめながら、少し前に届いて返信を放置していたLINEのトークを開く。

『JELEEの海月ヨルって、まひるなの!?』

クラスメイトのチエピから届いていたメッセージで、ここにまで広まってしまったということがわかると、なんかもうあきらめて開き直った気持ちになれてきていた。

『すごいよ！　まひるはあの日からいつの間にか、何者かになれてたんだね!?』

興奮気味のメッセージ。けれど私はその言葉にはまだ、ピンと来ていなかった。

「何者……か」

フォロワー一〇万人という目標を達成して、ある程度知名度は得られたかもしれない。けど。

私はまだまだ、自分の絵を好きになっている途中なのだ。

「……何者、なんだろうね」


「お願いします！　お願いします！」

私は慣れない大声を出しながら、道行く人に頭を下げて、ティッシュを配っています。

「お願いします！　お願いします！」

けれど、どうしてでしょうか。

こんなに勢いよく、頭をしっかり九〇度に下げているのに、なかなかティッシュを受け取ってもらえません。東京という街が冷たいせいでしょうか、それとも私がなにかまた、ズレたことをしてしまっているのでしょうか。頭を下げる角度が、少し足りないのかもしれません。

――と、そんなとき。

「お姉さん。――それ、貰《もら》っていい？」

私が頭を一〇〇度くらいに傾けてお辞儀をしていると、私の視界の外から鼻に掛かった、かわいい声が聞こえます。

「は、はい!!　お願いします!!」

私はついに誠意が通じた、と嬉《うれ》しくなって、大声とともにその女の子に勢いよくティッシュを渡しました。

けれどそのとき、私はなにか違和感を覚えます。

「あれ……？」

私がティッシュを渡した女の子は、渡した場所から数歩だけ歩くと、そこに立ち止まってティッシュのなかに入っているチラシをじっと見ています。もともとあのカフェバーに興味があった人でしょうか、なんて思っていると、私はあることに気がつきます。

あの女の子、私はどこかで見たことがある気がする。

ピンクと黒のフリフリのお洋服を着て、手にはピンク色を基調としたエナジードリンクを持っていて。やがてその女の子は、ドリンクを飲むためにマスクを外します。

私の目を奪ったのは、綺麗《きれい》に整った鼻筋でした。

あの鼻筋は――。

あの、楊貴妃《ようきひ》のような鼻筋は――。

そしてすべてがつながって、私のなかで答えが出ました。

「……メロちゃん⁉」

そこにいるのは間違いありません。

ののたんの元同僚。

サンフラワードールズの現センター、瀬藤《せとう》メロちゃんでした。

「……チッ」

なにか威嚇《いかく》的な音が、私の耳に届きます。聞き間違いじゃなければそれは舌打ちの音に似ていて、聞こえてきた方向は、メロちゃんのいる方向でした。しかしメロちゃんという高尚な生き物が舌打ちをするはずがないので、きっと私はなにかを聞き間違えているのだと思います。

「……しーっ、声が大きいよ～！」

メロちゃんはにこ、と笑顔を作ります。眉毛《まゆげ》がぴくぴくと動いていたので、もしかしたら疲れているのかもしれません。

「はあ。……こっち」

そうして案内されたのは、カフェバーの近くの人通りの少ない路地でした。

どうしてでしょう、メロちゃんはまた笑顔を作って、私に向けて、手でハートの片側を作ってくれます。

「はい！　ＳＮＳには上げちゃダメだよ？」

そこで私は気がつきます。

そっか、私はいま、ファンの子だと思われてるんだ。

「あ、えっと……」

「うん？　写真じゃなかった？」

正確に言えばまったくファンじゃないというわけではなかったのですが、私はそれ以上に、メロちゃんに聞きたいことがありました。

ののたんが言っていたこと、キウイさんにもわからなかったこと。

「私、メロちゃんに聞きたいことが……！」

「あー……ごめんね？　ゆっくりお話しは、握手会に来てくれた人だけにしてるんだ」

「あの、私ファンじゃ……！」

「またまた～！」

どんなに言っても、メロちゃんのペースに飲まれて私の言葉はなかなか届きません。やっぱりメロちゃんはすごくて、きっとこれも幾度も厄介なファンに対応してきた成果なのでしょう。

けれど、私も折れるわけにはいきませんでした。

私にまだ、わからないこと。ののたんの、歌う理由。

ののたんのことを知る、千載一遇のチャンスです。

「そうじゃなくて……！」

「は～！　じゃあもう、しょうがないなあ」

艶《つや》っぽい口調で、どこか淫靡《いんび》に言うメロちゃんは、にっと笑うと、唇を舌で濡らしました。


「──それじゃ、特別だよ？」


次の瞬間。

メロちゃんの唇が、私の頬《ほお》に触れていました。


柔らかい感覚と、良いにおいが、わたしのしこうをうばいます。

「これでいい？」

わたしはあたまがふわふわして、なにもかんがえることができません。

「は、はい……ありがとございます……」

CAFE
BAR

「メロメロにしちゃった～☆」

「されましたぁ……♡」

メロちゃんがわたしのあたまをよしよししてくれて、わたしにてをふってくれます。ふわーっとあるいていくメロちゃんはうしろすがたもかわいくて、わたしはぽわぽわとしたしあわせにひたりながら、メロちゃんにてをふりかえします。

「～～～～。……っ！」

メロちゃんがかどをまがってわたしの視界からきえたころ。私はやっと、我に返りました。

私はののたんのことを知る千載一遇のチャンスを、逃してしまったのかもしれません。

「じゃ、じゃなくて！　待ってくださいー！」


俺がまひるとのハンズフリー通話を終えて、バイクで指定された住所に到着して見上げると、見覚えのあるアパートがそびえていた。階段をのぼって部屋の前に行くと、ハートや花の記号で媚び媚《こ》びにデコられた、オレンジ色の表札がある。

そしてそこには——『馬場《ばば》 静江《しずえ》／亜璃恵瑠《ありえる》』という文字が書かれていた。

「インフルエンサー……ねえ」

ため息をつきつつ、思わず苦笑してしまう。たしかにババロリポップが思いっきりバズって、嘘《うそ》つきアラサー子持ち系アイドルとしてインターネットである程度の知名度を得たみー子さん改め静江さんは、インフルエンサーだと言えばそう呼べる存在だろう。楽曲制作依頼を受けていた期間、その面接だったり亜璃恵瑠ちゃんの子守であのカフェバーは何度か使用していたけど、まさかお得意さんになっていたとはね。なにかフードとか気に入ってくれていたのだろうか。

俺が二発目のため息をつきながらインターフォンを鳴らすと、

「待ってましたー！」

鳴らしてからコンマ数秒くらいの反射速度でドアが開いた。どれだけお腹空かせてたんですかねこの人。

「って、あれ？　……キウイちゃん!?」

＊＊＊

「へー！　今はあそこで働いてるのね！」

俺は静江さんに部屋のなかに招かれると、机を借りて領収書を書いている。けど静江さん、焼き鳥丼《どん》どころかオニオンリング、フライドチキンにローストビーフ丼、サーモンのカルパッチョなど、あのカフェバーにある食べ物という食べ物を注文しているレベルの量で、金額的にもかなりいっている。

「……太りますよ」

俺はさらっと毒を吐くけれど、静江《しずえ》さんは意に介さないで親指をぐっと立てた。こういうからっとしたポジティブさがウケてるんだろうなあ……。

「そこは大丈夫なのよ！」

「大丈夫って？」

俺が聞き返すと、静江さんはノートパソコンを勢いよく俺に突きつけて、こんなことをドヤ顔で言った。

「最近は開き直って……アラサー子持ち系アイドルの大食いYouTuber、パクパク馬場《ばば》として活動してるから!!」

画面に表示されているのは、アイドルポーズを決めた静江さんの上に、『アラサー女が、3kgの肉を食らう』と筆文字で書かれた情報過多すぎるサムネで、俺も結構特殊なタイプの配信をしているほうだと思うけれど、なんというか圧倒されていた。

「YouTubeって懐《ふところ》、広いっすね……」

言いながら部屋を見渡すと、そこにはライトやカメラ、三脚にマイクなど、けっこうな撮影機材があるのが目についた。そうか、あのMVからきちんと道が見つかったんだな。まあやってることがあまりに違うから俺たちのおかげと言えるかはわからないけど、自信作のMVがこうして評価に少しでもつながってるのだとしたら、素直に嬉《うれ》しい。

「……結構、ガチなんですね。あ、書けたんでどうぞ」

俺が記入が終わった領収書を静江さんに渡すと、

「ありがと。大食いやってると、食費が全部経費で落ちるのよ！」

「税務署さーん、この人でーす」

さらりとグレーなことを言うので、一応釘《くぎ》を刺しておいた。


あーあ。変なファンに見つかっちゃったな。

メロはそんなことを思いながら、ファミレスで息抜きしている。窓際の席に座って太陽の光を浴びながら食べるストロベリーパフェはいつも絶品だ。

けどなんていうか、あの厄介ファンの対応、メロってばちょっと完璧《かんぺき》すぎた？　好感度を保ちながら使う時間はちゃんと最低限に抑えたわけだし、メロってすっごく有能かもしれない！

もし雪音《ゆきね》ピが見てたら、たくさん褒めてもらえたかなあ。

なんてことを考えていたとき。

「……え」

視線を感じて振り向いた、ソファ席に座るメロの真後ろにある窓ガラス。

そこにさっきの厄介ファンがへばりついて、店内にいる私をじっと見ていた。

「きゃあああぁぁぁ!?」

つい声をあげてしまって、私は支払いを済ますとそのお店を飛び出す。

なに、なにあの子。なんであの場所がわかったの。

もしかして厄介ファンどころか、私のストーカー!?


私はタクシーで素早く逃げ出すと別のカフェに入って、食後の紅茶を飲んでいる。なんかあの黒髪ロングのストーカーは世間を知らないのか、タクシーで走っていくメロを「待ってください～!」とか言いながら手を伸ばして走って追いかけてきてたから、別のタクシーで追われてるってこともないと思う。フロントミラーに映り込んで徐々に距離を離されていくストーカー、なんか迫力すごかったな。

「はぁ～～っ」

まったく、ののかの働いてたバーがあのあたりにあるってネットで見たから立ち寄ってみたけど、まさかこんなことになるなんて。でもあの子、ののかが働いてたお店のティッシュを配ってたんだよね。ってことはののかについて、なにか知ってるのかな。

私は更新したインスタのストーリーについたいいねを確認してニコニコしたあとで、もう一度ののかの顔バレのニュースを確認する。

俗っぽく情報をつなぎあわせたまとめサイト。まあメロも人のことは言えないんだけど、ののかの暴行事件と今回の顔バレについてをまとめて『彼氏は!?　スリーサイズは!?』とかタイトルにつけられてるのはさすがに同情する。まあこれはネットの定型文みたいなもので、なんか同じく顔バレしたJELEE《ジェリー》のメンバーもまったく同じまとめられ方をしていたから、思わず笑ってしまった。場合によってはここに書いてあるバイト先らしいカフェバーに立ち寄って、話を聞いてみようと思ってたんだけど、どうにも予定が狂ってしまったな。

「はあ」

なんてことを考えながらため息をつくと、後ろに邪悪な気配がした。


「――見つけました」


黒髪ロングで肌が真っ白な女が、またメロの背後にいた。

「きゃあああぁぁぁ!?」

私は立ち上がると、店を飛び出した。ここは前会計のお店だったから今回はもっと素早く逃

げ出せるけど、どうしてまたここがわかったの⁉

「ま、待ってください～」

縋《すが》るように言うストーカーの言葉をスルーして、私は今度は駅の改札にスマホのSuicaをかざして、勢いよく駆け抜けた。

「ああっ！」

ストーカーは見よう見まねでなのか、スマホを改札にかざすけどなにも反応せず、そのまま改札に引っかかっている。なんだあの子は。

やってきたカラオケボックスの個室で、私はスマホを確認している。

「そっか……いつもの癖でストーリーに上げてたから――」

きっとこの投稿を見て特定してやってきたのだろう。けど今回は学習してどのＳＮＳにもアップしていないから大丈夫のはず――

ばぁんとカラオケ個室のドアが開く。

「見つけました！」

「なんで⁉」

ストーカー女は、開けっぱなしにしたドアの横に立ったまま気持ちよく語る。

「簡単です！　メロちゃんは毎週この時間に、ボイトレのインスタライブやってますよね!?　私は知っているんです！　メロちゃんはＤＡＭの最新機器があるところにしか行かないって！」

「……」

自分の世界に入ったまま恍惚《こうこつ》とした様子で語りはじめていて、なにやらすごく隙《すき》だらけだ。

「その前の予定や背景映像からいって――」

「……」

ということでメロは、その隙に荷物をまとめて、しゃがんだままこっそりとストーカー女の脇《わき》を通って、部屋を出ていった。

「この名探偵、高梨《たかなし》・キム・アヌーク・めいに――！」

私はレジにやってきて、お会計をお願いする。

「ってあれ!?」

まずい、バレてしまった。

「待ってくださいー！」

「あーもう。だから、ファンと一緒にカラオケはさすがに……」

「いえ！　私、ファンじゃなくて！」

するとストーカー女は、私にスマホの画面を突きつけてきた。

「——JELEE《ジェリー》の木村《きむら》ちゃんなんです！」

そこには——驚いた。

金髪になったののかや、顔バレしたJELEEの面々と思われるメンバーで映った写真の待ち受け画面が表示されていた。

「……は？」

みー子さん改め馬場《ばば》静江《しずえ》さんの家。

「そう……花音《かの》ちゃんが……」

俺は静江さんに、JELEEの現状を説明していた。って言っても俺はいまバイト中だから、手短にだ。

静江さんはXで告知されているJELEEの活動休止の報を見ながら、口を結んでいる。

「ま、気持ち的に歌えない、っていうんじゃ、仕方ないですけどね」

俺が達観した素振りで言うと、静江さんは唇に指を添えた。

「けど……この前のライブのあと、年末に新曲を発表するって告知してたわよね？」

「そうなんですよね……」

俺は頭を抱えて、

「それはもう、たぶん無理で。来週予定してた、今年の振り返り生配信とかも全部、中止の予定なんです」

するとは静江さんはしばらく考え込むと、真剣な表情で俺を見つめた。

「……やったほうがいいわ」

「え」

「花音ちゃん抜きでもいい。配信だけでも、やったほうがいいわよ！　待ってるファンだっているんでしょ!?」

それはなんというか、アイドルをやりつづけている静江さんだからこそ言える言葉のような気がして——と思ったけど今この人もうほぼYouTuberなんだっけ。

「けど、あいつがリーダーなんですよ？　いないんじゃ、配信なんて……」

「それでもやりましょう！　不安ならゲストを呼べばいいじゃない！」

「……ゲスト？」

聞き返しつつも、たぶんこの人はこう言うんだろうな、と半分予想が付いていた。

「そう！　いま飛ぶ鳥を落とす勢いの——」

そして静江さんは指を天に向けて、仁王立ちしてみせる。

「私を！」

この人はいい年してなにを言っているんだろうか。

「……あざしたー」

「ああん待ってー！」

去っていく俺を、静江《しずえ》さんが引き止めた。

「そう無下にしないでよ～！」

「いや……！」

なにやらすごくごねられているけど……俺、早く店に帰らないといけないんだよな。

私が精密採点をつけて録音しながら歌の練習をしているのを、ストーカー——改め、JELEE《ジェリー》の木村《きむら》ちゃんが聞いている。

「嗚呼《ああ》、メロちゃんの生歌……ってダメ、私には心に決めた人が……っ」

なにやらドロドロに溶けた顔でぶつぶつつぶやいている木村ちゃんは頬《ほお》をパチンパチンと叩《たた》

いて自分を律している。どうやらサンドーが好きってことは本当らしい。

メロは何曲目かになる曲を歌い上げると、よいしょ、と座ってソファに体重をあずける。

「はーっ！　休憩～っ！　……歌いたいならどうぞ～」

すると木村ちゃんは、びしっと私に手のひらを向けて。

「いえ!!　私、歌だけはNGなので！」

「いや、別に頼んではないけど……」

なんだか変な子だ。まあメロが言えた義理ではないんだけど、やっぱりののかのまわりに集まってくる子は、こういう子が多いんだろうか。

けど、……なんというか、一つだけ気になることがあった。

「あの、あなたさ」

「はい！」

それは――メロの秘密のことだ。

「ののかから、私のこと、なにか聞いてる？」

「……なにか、とは？」

木村ちゃんはきょとんと首を傾《かし》げて、私をじっと見る。……まあたぶんこの子は人間のタイプ的に、ここまで綺麗《きれい》にしらばっくれられるほど器用ではないだろう。

ということは、つまり。

話してないんだね。

ののかは私のことを、仲間にも。


私があのカフェバーに行ってみようと思ったのは主にそれを探るためで。

ある意味二人とも有罪であるはずのあの一件だったけど、証拠が残ってしまったののかだけが罪を抱えて落ちて、サンフラワードールズは二年ぶりに復帰した。

だったら身近な仲間にくらいは真実を話して、すっきりしたって誰も責めやしないだろう。

けれどののかは、それをしなかった。

「はーあ」

なんだかこうなると、負けた気分になっちゃうな。

木村《きむら》ちゃんはきょろきょろと部屋内を見わたして、やがてその視線は私が机に置いている、のど飴《あめ》やICレコーダーなどのボイトレグッズに止まる。

「好きなんですか？　歌？」

「ううん。嫌いだよ？」

さらっと即答すると、木村ちゃんはきょとんと目を丸くした。

「え。じゃ、じゃあどうして……」

まったく、そんな簡単なこともわからないんだろうか。

けど、これについて話すのは大好きだから、メロはちょっと喋《しゃべ》ってあげたい気分になってい
る。自分の好き勝手に好きなことについて語ったら、さっきの敗北感も少しは紛れるだろうか。

「もしかして聞きたい？」

「は、はい！」

私はコップを蛍光灯の光に透かすと、雪音《ゆきね》ピとのめくるめく日々に思いを馳《は》せる。

「私はね？　――雪音ピの養分なんだぁ」

「よ、養分？」

思ってもない答えだったのか、木村ちゃんは困惑したように言葉を繰り返す。

「うん♡」

声に自然と、吐息が混ざる。

干渉ばかりしてくる家から一刻も早く出たくて。ただ東京に行けばなにか変わるって思って
宮崎県から上京してきて。

「化粧も下手で、ネイルもダサくて、芋《いも》くさかった私を、見つけてくれて」

東京の街をキャリーバッグを引いて歩いている垢《あか》ぬけていない私。そんなモブキャラだった

私を劇的に見つけて、声をかけてくれたのは雪音《ゆきね》ピだった。
「キラキラした舞台に、立たせてくれて」
私に似合う髪型。私に似合うメイク。私に似合う服装。
私に似合う、新しい名前。
雪音ピが作ってくれた私は、まるで私が憧《あこが》れた東京そのもので。
古くさくて過干渉で、木と土の湿った匂《にお》いばっかりの私の地元とは、大違いだった。

「私を、瀬藤《せとう》メロにしてくれたの」

――「え……でも、私なんて垢《あか》入りまくりだし」
――「大丈夫。私の見る目を信じて」
――「で、でも……人前に出て歌うのなんて……怖いし」
――「だったらね。幸子《さちこ》ちゃん」
――「……だったら？」

「――私だけに向けて、歌ってくれればいいの」

私はいまも、その言葉を私のまんなかに置いて、歌を歌っている。

みんなに届くかどうかはどうでもいい。オタクには適当に媚《こ》びを売って、私の本当のところはぜんぶ隠した私のことを、好きになってもらえればいい。

私は私に輝きをくれた雪音ピに輝きを返すために、歌を歌うんだ。


私はうっとりしながら、大切なことをノリノリで話した。

「それが……メロちゃんの歌う理由」

「私ががんばったぶんだけ雪音ピが喜ぶならぁ、世界のためにもその方がよくなぁい？」

私は嘘《うそ》のない実感と一緒に言うと、ちゅーっとドリンクバーで入れてきたリアルゴールドを口に含んだ。薬っぽくて甘ったるい味が広がって、メロはご機嫌になる。ピンモンの代わりだけどまあこれはこれでいいよね。

「それじゃあ……ののたんは」

木村《きむら》ちゃんが、意を決したように言った。

「ののたんが歌ってたのは、どうして……なんだと思いますか？」

そっか、そういうこと。

この子はこれが聞きたくて、私を呼び止めたんだ。

メロを殴って抜けてった元メンバーのことなんて、知ったこっちゃないよ——って言いたいところだったけど、このことについてだけは話していいかもなって思った。

だってそれは、私も人ごとじゃないから。

「そんなの、私と一緒だよ」

メロの言葉に、木村《きむら》ちゃんが目を見開く。

「ののかも、雪音《ゆきね》ピの養分だもん」

「っ！」

「そんなに意外？」

言いながら思う。

そっか。この子はファンだから——きっと、気がついていなかったんだろう。

たしかにあの子は輝いて見える。特にステージに立っているときは、歌を歌っているときはまるで、本物の太陽みたいに私の目にも映っていた。

けど、ひとたびステージを降りたあの子の姿は。

——「お母さん、わたし上手《うま》く歌えてたよね？」

——「お母さん、次はどうしたらいいかな？」

その姿はまるで――

輝いているように見えて、太陽に向かって咲くことしかできない、哀れな向日葵《ひまわり》だ。

「見てたらわかるよ。ののかも雪音ピが喜んでくれることが、自分の人生の正解なの」

歌の収録を終えたあと、不安そうに雪音ピの顔色を窺《うかが》うののか。

誰が褒めても曖昧《あいまい》に愛想笑いを浮かべるだけなのに、雪音ピが一言「よかった」と言った瞬間に、心の底から安心したように表情を崩すののか。

母親に甘えていて、自分の体重を預けていて。

けど、だからこそ雪音ピのためなら誰よりも力を発揮できるし、誰よりも輝ける。

それはなんだか。

私を見ているようで、無性にムカついた。

「だから、私もののかもね。自分の好きなものとかやりたいことなんて、ないんだぁ」

自虐するように、沼に沈み込むように。

けれど私はそんな雪音ピという沼が心地よかったし、だったらそれでいいと思った。不健全なことなんて承知の上で、私は生暖かい体温に沈み込んでいるのだ。

「二人ともね、弱いんだよ」

そこまで語ると、木村《きむら》ちゃんは拳《こぶし》を握って、嚙《か》んでいた唇を大きく開いた。


「——弱くなんか、ないです！」


メロは感情を昂《たかぶ》らせる木村ちゃんを、冷めた目で見ている。

たしかこの子って、JELEE《ジェリー》の配信でも、ののかのこと大好きってキャラだったよね。

「ののたんは私に好きなものをくれたんです！　それに、炎上の後も立ち上がって、歌ってたじゃないですか！」

その言葉はきっと、あの子の本当の姿を知らないから言える言葉だ。

「ほんとに、そうかなぁ？」

「そうです！　だってののたんは……一人でも動画を上げて……っ！　みんなでフォロワー一〇万人を目指して……！」

「——あはは、ほらぁ」

「え？」

笑ってしまう。

やっぱりののかは、なーんにも変わっちゃいないんだ。

「フォロワー一〇万人って、そういうことじゃん」

「え……」

「もう一回有名になってぇ、自分の声を世界に届けてぇ――」

そこまで言うと、少しずつ木村ちゃんも、メロの言わんとしていることに気がついてきたようだった。

「雪音《ゆきね》ピにまた、見つけてほしかっただけなんだよ」

そう。それはどこまで言っても親離れできない、一人のよわ～い女の子のお話。


「――歌ってる自分を」


「そんなこと……っ」

口では言うけれど、それ以上反論は続かなかった。

「そんなことないって――本当に、言えるかな？」

私は勝ち誇ったみたいに言うと、会計用のプレートを持って、部屋を立ち去った。

＊＊＊

私はすっかり乗ることが癖になってしまったタクシーに乗り込むと、日の沈んだ東京の街を眺めながら、考える。

『――弱くなんか、ないです!』


頼まれたわけでもないのに、なにも得なんてしないのに。

あんなふうに、ののかのために叫んで。

私はサンドーとしてもう五年以上やってきたけれど。

桃子《ももこ》とあかりがあの立場になったとき、私のために叫んでくれるだろうか。

「そっか……」

私はつぶやきながら、すっかり更新するのをやめてしまった『現実見ろバカ』のチャンネルを開くと、適当な動画を開いてコメント欄を眺める。

「ののかは、仲間を見つけたんだね」

そこには、私の行為を賞賛するコメントが並んでいた。

『アイドルの本当の姿を見せてくれる見ろバカ、令和のジャーナリズムだな』

『圧力に負けず真実を伝える活動、応援しています！』

『見ろバカがいなかったらアイドルの嘘《うそ》を信じて推しつづけるところだった。目を覚まさせてくれて感謝してる』

見ろバカチャンネルを始めて、ネットの地下で話題になるにつれて、どんどん歪《ゆが》んだ信者のような人が増えていって。

私を正義とまではいかずとも、義賊だとかダークヒーローのように扱ってくれるコメントは、いままで雪音《ゆきね》ピからもらった承認とはまた違う、ぞくぞくした快感があった。

「だよね……！　自業自得だよね……！」

家で、収録の合間のトイレで、行き帰りの電車で。スマホで動画を編集して、コメントを確認しながら、どんどんと目が爛々《らんらん》としていくのがわかった。

「みんなは、わかってくれるよね……！」

動画を上げて、アイドルが何組も葬られていくのが心地よかった。私の正義が世界に影響を与えているという感覚が、私に生きてるって実感をもたらしてくれた。田んぼと畑とどーでもいい噂話《うわさばなし》ばっかりのクソ田舎とは違う、私が世界と直接つながっているって感覚が、私の身も心も東京にしてくれた。

「私は、正しいよね……！」

Yahoo!ニュースで話題になって、ジジババくさいカクカクした文体のコメントに持ち上げられるたびに、私ってすごいのかもしれないって酔いが回る。自意識が肥大化していって、けれどそんな肥大化してブヨブヨしたところがむしろかわいいよね、って思えちゃうくらいに、地雷系とか言われる私の美的感覚は狂っている。

これで私は、宮崎県美郷町《みさとちょう》出身の清水幸子《しみずさちこ》じゃない。

サンフラワードールズの真のセンター、瀬藤《せとう》メロであり。

令和の迷えるオタクを救うダークヒーロー――見ろバカちゃんなのだ。

「私には価値が――あるよね」

現実。

見ろバカのチャンネルのコメント欄には、私の復活を待ち望む信者からのコメントが並ぶ。

私はピンク色でかわいいのにどこか毒々しくて、でもそんなところがもーっとかわいいエナジードリンクをストローで吸いながら、画面を見つめていた。

「ありがと、文字のみんな。たすかる」

スマホを握る手のネイルの根本からは伸びてきた地爪《じづめ》が数ミリ覗《のぞ》いていて、あーあ、そろそろサロンに行かなきゃなって気がついて、本当に面倒くさい。

退屈に視線を捨てた窓の外には、嘘《うそ》ばっかりの汚い世界が、法定速度で流れていた。

私は結局ほとんど誰にもティッシュを渡せないまま、カフェバーの前まで歩いて戻っていました。

『雪音《ゆきね》ピにまた、見つけてほしかっただけなんだよ。——歌ってる自分を』

反論が、できませんでした。

それはなんだか、JELEE《ジエリー》として活動するののたんを見ていて、あのころのステージの上ののののたんとは違うなって思っていたところを、上手に言葉にされてしまったみたいで。

「ののたん……私……」

だとしたら、私にできることはあるのでしょうか。ののたんのしたいことが本当に、メロちゃんの言うとおりで。ののたんが本当は、弱いアイドルだったんだとしたら。

――『わたしの歌う理由って、こんなものだったんだって』

あのとき漏らした言葉が、頭に蘇《よみがえ》ります。

自分の本心に気がついてしまったののたんが、それを失って空っぽになってしまったんだとしたら。

私がかけてあげられる言葉は、なにかあるのでしょうか。

いえ。もしも私が励ましたり、寄り添ってあげることができるのだとしても。

少なくとも――私がそれを埋めることはできない。そんな気がしていました。

「お疲れ」

「あ……お疲れさまです」

バイクに乗ったキウイさんがちょうど、カフェバーに到着したようです。

「遅かったんだな？　なにかあったか？」

「キウイさんこそ、出前だったんですよね？」

「あー……まあ、いろいろあって」

「同じですね！　私もいろいろです！」

「なんで嬉《うれ》しそうなんだよ……」

するとキウイさんは私のかごを見て、眉《まゆ》をひそめました。

「……めちゃくちゃ残ってるな？」

「はい……店長さん、許してくれるでしょうか……」

「まあ、話せばわかってくれるだろ――」

そんな会話をしながら階段をのぼって、私たちはカフェバーの扉を開けます。

そこには恐らく一人で接客してぐちゃぐちゃになってしまったのでしょう、カウンターに突っ伏して頭から煙を上げている店長さんの姿がありました。

「店長さん、ごめんなさい！！」

「すみません、遅くなりまし――」

「えーと、クビで」

さらりと言う店長さんは、にっこりと有無を言わさない笑みを湛《たた》えていました。

「……はい」

わたしは思い知っていた。

お母さんはわたしを、人形みたいに使いたかっただけなんだって。

わたしは思い知っていた。

わたしはほんとうにいままで、なにも考えないで身を預けてきたんだなって。

思い出していたのは、わたしがメロを殴って起きた炎上から数か月経って、わたしがいつもの美容室に、一人で行ったときの記憶だ。


「ののかちゃん、随分思い切ったねえ」

「はい。……心機一転したくて」

表参道《おもてさんどう》の美容院。わたしはもともと少しだけ茶色がかっていた髪の毛を、お母さんに言われるがままに真っ黒に染めて。重たい前髪で本心を隠して、橘《たちばな》ののかとして生きてきた。いや、本当は『本心』なんてもの、わたしにはなかったのかもしれないな。

事件を起こした責任を取ってサンフラワードールズをやめることになったわたしは、自分を丸ごと変えることに決めた。いや、こんなものの色を変えたところで、自分が丸ごと変わるなんてことにはならないってことも、わかっていた。

けれどわたしはきっと、きっかけがほしかった。

「……雪音《ゆきね》さんとは上手《うま》くやれそう?」

「あはは……どうですかね」

あのころはお母さんに指示されるがままにわたしの髪の毛を染めていた美容師さんが、いまはわたしの選んだ色に髪の毛を染めてくれている。

あそこまでしっかりと黒を入れつづけた髪の毛の色を抜くのは大変らしくて、わたしは頭皮のチリチリとした感覚に耐えながら、無理を言ってブリーチを繰り返ししてもらっている。

数十分後。

最後のシャンプーを終えて髪の毛を乾かしてもらう。

「はい。ののかちゃん、どうかな?」

くるりと椅子《いす》が回って、わたしの姿がわたしの目に映り込む。

「……わたしはもう、ののかじゃないです」

「わたしは早川《はやかわ》——……いや」

そこには——金髪になった、わたしの姿があった。

「私は——山ノ内《やまのうち》、花音《かの》です」

＊＊＊

無意味に思い出してしまっていた、わたしが私になった瞬間の記憶。けれど、わたしは誰かと話すときだけは強がって見せていただけで、本当の自分はきっと、何も変わらない。

いや、というよりもわたしは最初から、自分のやりたいことを持っていたわけじゃないんだろうな。ただ、お母さんに反抗したいから、そして無意識のうちにどこかで、そんな悪い子なわたしを、お母さんに見つけてほしいから。たぶんそんなくだらない理由で髪を染めて、歌を歌っていた。

わたしは久々に来てみた朝の学校で、退屈を持て余していた。わたしの机の上に置いてあるノートの名前の欄には、『早川《はやかわ》』を力任せに『山ノ内』に書き換えた跡がある。なんだかこれが、まひるが壁画の左下に書いていた、覚悟みたいな証《あかし》と似たように思えて。

「あれってJELEE《ジエリー》の……」「来てるところ久々に見た」

「アイドルやめて歌い手の真似《まね》事って……なんかブレてね？」「それな～」

雑に噂話《うわさばなし》をする生徒の声が聞こえる。きっとそこに、本当の意味での悪意なんてないんだろう。ただ話題のタネを盛り上げるために使っているだけで、きっとやっていることは、ゴシップ誌に群がる野次馬と同じだ。少し躓《つまず》いた人をみんなで一緒にバカにして、自分の立ち位置を確認して安心する。こんなの、あのときと比べたらなにも言われていないようなものだ。

けど、ただ一つだけわかること。

きっとここは、わたしの居場所ではない。

わたしはカバンを持って立ち上がり、教室のドアのほうへ歩いていく。そんなわたしを見て、教師が慌てた。

「は、早川、どこに行く!?　これから授業だぞ」

「……すいません、頭痛と腹痛と筋肉痛が同時にきて死にそうなんで、早退します」

「は、はあ？　おい、早川！」

わたしはわたしが捨てた本当の名前で呼ばれるのを無視して、教室を出て行った。

＊＊＊

結局わたしは、ここにやってきてしまう。

わたしの目の前に広がるのは、キラキラ輝くヨルのクラゲだ。

「映ってるー!?」

壁画の前で女子高生二人が三脚をセットして、撮影の準備をしている。TikTokかなにかだろうか、そしてこの壁画をバックに撮るってことは、もしかして。

なにもすることがないわたしはぼーっと、その女子高生二人を眺める。

すると。


『果ての見えない　夜の海――』


セットされたスマートフォンから、歌が流れてきた。

というよりも――これは。

TikTokで何度か見たことがあった。

JELEE《ジエリー》が結成されたあのハロウィンの日。みー子さんのライブを乗っ取って歌った、わたしの音源。

あのときは珍事件として一部から注目されていただけだったけど、JELEEがある程度の知名度を得て顔バレもしたいま、あの動画はJELEEファンにとって伝説の動画みたいに語り継がれている。みー子さんが馬場静江《ばばしずえ》として有名になったのが、それをさらに加速させた。

それ以来、この壁画の前でわたしが力任せに歌うカラフルムーンライトと合わせて踊るのが、少しだけ流行っているのだ。

わたしはマスクを深く付けなおすと、一歩離れて、その姿を見守る。二人は心から楽しそうに踊っていて、わたしはなんだか、その笑顔に目を奪われた。

やがて踊り終えた二人はきゃっきゃと楽しそうに立てたスマホに近づいていって、

「どう⁉」

「……いい感じ！」

「ほんとだ！　JELEEのみんなも見てくれるかな⁉」

「あはは、さすがに見ないでしょー」

「でも有名人って意外とエゴサを――」

そんな感じで無邪気に会話をしている二人だけど、まさかその本人が見てるなんて思わないんだろうな。けど、もう顔バレはしてしまってるわけだし、マスクの下の顔を見られでもしたら、気がつかれてしまうのだろうか。

――なんて、思っていたら。

「あ、てかさ。……顔って、見た？」

考えていたことにタイムリーに引っかかる話題に、わたしはビクッとする。

会話の続きが怖くて、この場を離れてしまいたくなった。

わたしはサンドー時代にもファンを失望させてしまったことがある。こんなふうにわたしを好きでいてくれるファンの悲しみの声を聞くのは、もう嫌だと思った。

「あー、ニュースは見たけど……」

わたしは恐怖から、その場を離れようと足を踏み出す。

けれど、そうして紡がれた言葉は、わたしの思ったものとは違った。


「──私、見ないようにして消しちゃった！」


わたしはぴたりと、足を止めた。

「だよね!?　私もまだ見てない！　見るべきか悩んでた！」

「見ないのが正解だって。私たちが好きなのは、JELEE《ジエリー》ちゃんの歌なわけじゃん？」

その言葉はわたしを肯定してくれるものだった──けど。


「また聞きたいよね、JELEEちゃんの歌！」

ちくりと、罪悪感が胸を刺した。

「うんうん。やっぱりJELEEちゃんは、歌ってるときが一番カッコいいもんねー」

わたしだってそう思う。

わたしはきっと、JELEEとして歌っているときが一番、自分らしくいられた。

だけどいまのわたしは——歌う理由を失ってしまった、橘《たちばな》ののかでもJELEEでもない。

ただの、山ノ内花音《やまのうちかの》だ。

「……ごめんね」

楽しそうに会話しながら、壁画の前から去っていく二人。

わたしは歌うことができない自分を悔しく思いながら、そこに立ち尽くすことしかできなかった。

＊＊＊

わたしは無力感を抱えながら帰路を歩いている。

重たい足取りでアパートの前に辿《たど》り着き、ぎしぎしと音が鳴る階段をのぼっていくと。

「っ！」

わたしとお姉ちゃんが住むアパートの一室の前に、わたしのよく知る顔が立っていた。

「びっくりした」

「……」

決意したようにそこにいるめいが、わたしをじっと見ている。

「……よくないよ、アイドルの家の前で待ち伏せは」

わたしはなにかを誤魔化すようにおどけて言うけれど、いつでも真っ直《ます》ぐ本当のことだけを見ているめいに、そんなものが通じるわけがない。

「アイドルの家の前、じゃないです」

めいは、わたしを睨《にら》んでいた。


「友達の家の前、です」


わたしははっと、息を呑《の》んでしまう。

「確認しにきたんです。……ののたんは……」

一瞬だけわたしから視線を逸《そ》らす。それはどこか、いつも直球のめいらしくない言葉の運び方で。一体めいは、わたしになにを聞くつもりなのだろう。

「ののたんが歌ってたのは……」

めいはまた、わたしに視線を合わせた。

「雪音《ゆきね》さんにもう一回見つけてほしいから、なんですか」

言葉に、驚いてしまった。

「……すごいね。めいには、そんなことまでわかっちゃうんだ」

わたし自身ですら、まひるにひどいことを言ってしまって、あの人にまひるを取られてしまって、自分でもそれでやっと気がついた自分の心の内だったのに。どうしてめいに、そんなことがわかってしまうんだろう。それが、誰かを本気で推すってことなのかな。

「けど、どうしてそれで、やめちゃうんですか！　それって悪いことじゃないです！」

めいの言葉が、わたしの柔らかいところに突き立てられる。

「誰だって、好きな人には自分を――」


だけどめいの言葉は、きっとわたしの芯《しん》には届いていない。


「――それだけじゃ、ないよ」

「え……」

わたしの声を聞いためいが言葉を止めて、呆然《ぼうぜん》とわたしを見た。わたしはいま、そんなにいつもと違うトーンで喋《しゃべ》っていたのだろうか。

「わたしね。橘《たちばな》ののかになったら、お母さんが喜んでくれて。だから、それを続けてて」

それはきっと、罪の告白に近かっただろう。

わたしがいかに、自分を持っていなかったか。

わたしがいかに、自分以外に依存していたか。


わたしがいかに、大きな存在にしがみついているだけの――

流されすらしない、小さなクラゲだったのか。


自分の言葉でわたしは、わたしを傷つけていく。

「……そうしないと、わたしって……変な子だったからさ」

無意識に、声色が歪《ゆが》む。

「価値なんかないって、……思ってて」

きっとわたしはいま、いつも癖みたいに出している、誰かを惹《ひ》きつけるような声色では話せていない。

「……けど、気がついたんだ」

わたしはたぶん今、ただ殴りつけるみたいに、自分のトラウマを、めいにぶつけている。


――『私のために、歌ってくれる?』

お母さんから言われた言葉だ。

それがわたしの歌う理由で。わたしを橘《たちばな》ののかに変えた魔法で。
それがわたしを縛る呪縛《じゅばく》で。わたしから花音《かの》って名前を奪った呪《のろ》いで。

それがわたしがJELEE《ジェリー》になる前の人生の、ほとんどすべてだった。

「お母さんはわたしの人生を、自分のために使いたかっただけなんだ、って」

気がついたらなんてことのない、単純な話だ。
結局のところわたしは、輝きを目印にしないと、どっちが前かすらわからなくて。
一つ一つ教えてもらわないと、自分の足の使い方さえ、ろくにわからない。

太陽のほうを向いて踊る、操り人形でしかなかったのだ。

「っ」
本当にむき出しの言葉をぶつけたのに、めいはわたしから視線を逸《そ》らさないで、じっと言葉を受け止めてくれる。

「けど……それなら今度こそ私たちで……橘《たちばな》ののかじゃない、JELEE《ジェリー》として……！」

めいの言葉は、わたしには響かない。

「ううん。ダメなんだ」

「だめって……」

「だってわたし、自分が操り人形になってたって気付いて、お母さんを、恨んでたのに——」

そう。

これこそがきっと、わたしがほんとうに歌えなくなった理由で。

わたしのなかに新しく生まれた、本当のトラウマだ。


——「私のために描いてよ！」


わたしがハロウィンの夜、まひるに言った言葉で。

それはお母さんがわたしを橘ののかにしたときと同じ——呪《のろ》いの言葉だった。

「わたし……まひるの人生を、わたしのために利用しようとしてた」

「っ！」

わたしが大好きなJELEEの始まりが、わたしが一番嫌いな言葉だって気がついて。

わたしが大好きなまひるを縛っていたのが、ただの自己中心的な呪いだとわかって。

「だから――JELEEを続ける権利なんて、わたしにはないよ」

これは、わたしの問題だ。

わたしが一番憎んでいたものが、わたしのなかの一番深いところに、根付いていた。

いくらめいがわたしを肯定しようと、わたしのなかにこれがある限り、わたしは歌うことはできない。

少なくとも、まひると一緒には。

「ねえ、めい？」

「……なんですか」

俯《うつむ》いたまま、めいは震えた声で返事をする。

「親子ってさ――」

そしてわたしはため息をつくと、

「似るんだねっ」

偽物の笑顔を、めいに向けた。

「……っ！」

めいは唇を嚙《か》んで、わたしを見つめる。

けれどめいは、それ以上わたしになにも言わなかった。

よかったな、と思った。

これでなにか見当違いなことを言われたら、わたしはめいにも、心ないことを言ってしまいそうだったから。

けれどこうして言葉を受け止めて、自分にはなにも言えることはないんだってわかってくれたことが、こんなわたしでもわかり合える仲間ができていたんだなって思えて、それだけは嬉《うれ》しかった。

わたしはアパートのドアを開けると、その中に足を踏み入れる。

「ごめん。……JELEE《ジエリー》は、解散するしかないと思ってる」

「っ――」

そしてめいの返事を待たないまま、硬く分厚いドアを、ぴしゃりと閉じた。


「そうか……花音《かの》が、解散……」

俺はパソコンで作業しながら、めいと通話している。

花音の家の前で待ち伏せしてきためいが聞いた花音の言葉は、なんというか、言いたいことの筋は通っていて。

自分のなかに自分で嫌いと思ってしまう部分があるから、それと関係する部分を切って、新しい自分を作りたい。まあ、花音があのときの俺と同じ気持ちってわけではないだろうけど、それでも理解できる部分はあった。

『……キウイさんは、どう思うんですか』

「……まあ、リーダーは花音なわけだしな。……花音がそう言うなら……仕方ないよ」

めいはしばらく沈黙するけれど、納得してないのは明白だろう。

次に聞こえてきたのは、めいらしくないいやや憤《いきどお》った声だった。

『……キウイさんって、いつも大人ですよね』

俺はその感情に気がついていたけれど、なるべく明るく、調子のいい声を作って言う。

「だってまあ、解散もあれば、再結成もあるかもしれないわけだろ？　私たちは事務所と契約してるわけでもないんだしさ、遊びの延長だと思って、もっと気楽に……」

『私は……』

「え？」

『私はそんなふうに、考えられないです！』

そしてブツリ、と通話が切れてしまう。

「……はあ」

俺はヘッドホンを外して、額に手を当てて頭を抱えた。

思わず舐《な》めていた飴玉《あめだま》を、がり、とかみ砕いてしまう。

「……私だってそんなふうに、考えたくないっつーの」

だって事実——俺がいま編集しているのは、JELEE《ジェリー》で次に出す予定だった新曲なんだから。


切ってしまったキウイさんとの通話。椅子《いす》の上で体育座りをしながら、私は私の部屋の一番目立つところに目を向けます。

数か月前まではののたんのデジタルアートプリントが飾ってあった一等地。

そこにはいま、JELEEのみんなで撮った、集合写真が飾られています。

「……ののたん」

ぽそりと漏れる声はいつもその名前だけで終わっていたけれど、今日は違いました。

「キウイさん……、まひるさん……」

私は私が大切に思っている人たちの名前を呼びながら、暗い部屋で、夜を明かしました。

＊＊＊

それから数日後。

私とキウイさんは、みー子さんの家に二人で来ています。

今日は予定していたJELEEの今年の振り返り生配信の日。けれどその予定は狂ってしまって——今日私たちは、JELEEの解散発表生配信をしようとしていました。

キウイさんがみー子さんの家に出前を持っていったことをきっかけに、みー子さんの家の配信機材を借りることになった私たちは、カメラの後ろに待機して、みー子さんを見守っています。最初は全編コラボの予定だったのですが、私たちが解散配信になるという事情を告げると、それはJELEEの二人だけでやったほうがいい、と促してくれて、こうしてみー子さんは前座として、一人で配信をしてくれています。

「JELEEの配信開始まで、もう少し待ってねー！　それまでに果たして私パクパク馬場《ばば》は、完食できるのか!?」

キウイさんがカフェバーから持ってきた揚げバターをすごい勢いで食べていて、配信画面には応援のコメントが流れています。もはやコラボレーションと言っていいのかわからないような共演の仕方だったけれど、ひょっとするとそれがみー子さんなりの私たちへのエールなのかもしれません。もしくは気のせいかもしれません。

ともあれそんな果敢な様子を見ながらも、私の気持ちは沈んだままでした。


数分後。

みー子さんは揚げバターを完食して、私たちにバトンを渡します。

「で、では、本編、どうぞ……」

画面が切り替わり、配信の本編が始まりました。

私は沈んだ気持ちのまま、俯《うつむ》いてマイクの前に座っています。

「はいどうも！　俺は竜ヶ崎《りゅうがさき》ノクス！　そして……」

「……木村《きむら》ちゃんです」

竜ヶ崎ノクスのアバターと、私の小さなピアノのアイコンが表示された配信画面。

いつもよりも二人少ないその画面のなかで私たちが挨拶《あいさつ》をすると、画面にはいくつものコメントが並びました。


『なんか暗い？』

『二人だけですか？』

『重大発表って？』

キウイさんはそんなコメントを見ながら、苦笑します。

「おおう、みんないきなり本題だねえ。えーと、そうだな。ちょっといろいろ説明しないといけないんだけど……」

言いづらそうに説明を始めます。けれど、コメントにはすでに『解散？』『喧嘩《けんか》？』みたいなコメントが並びはじめていて、たしかに『重大発表』と銘打ってこんな配信が始まったら、勘付く人だっているでしょう。

「海月《うみつき》ヨルはほかの仕事で一時離脱中で、JELEE《ジエリー》ちゃんは……その、ちょっとスランプで」

私は俯いたまま、唇を嚙《か》んでいました。

「でさ……うーん。なんて言えばいいんだろうな。早速、重大発表なんだけど」

キウイさんが息を吸って、けれど一度吐き出します。きっとそれを言うのに抵抗があるのでしょう。一度出してしまった言葉は二度と、戻らないのですから。

しばらく沈黙が流れて、重い空気が部屋と配信を覆います。

やがてキウイさんは、意を決したように咳払《せきばら》いをすると。

「単刀直入に言うと、JELEEは、解散することになります、なんて！」

それから数秒遅れて、コメントの流れが一気に速くなりました。私は俯いたまま、覆いかぶさる前髪の隙間《すきま》から、それを睨《にら》んでいます。

「いやあ、結成してからもう一年経つって思うと、長いようで短かったよな！　最初はJELEE《ジエリー》ちゃんとヨルから始まってさ……そこに木村《きむら》ちゃんが入って、そのあと俺も誘われて……」

キウイさんの声が少しずつ、震えていきました。

「楽しかったなあ……。楽しかったんだよ。いつも一人で配信してた俺が、ガラにもなくさ」

ぼそりと本音をもらすように言うキウイさんは、本当にガラにもなくて。

「って、そういう話じゃないよな、いまは！　えーっと、そうそう！」

キウイさんは用意していた音声ファイルの箇所にマウスの矢印を合わせると、

「だからさ、この間のライブのあとに告知した新曲も、もう出せないかもしれなくて……っていうか、出せないんだよな。ごめんみんな！　いきなりこんな暗い話で！」

キウイさんは明るく話すけれど、それが空元気であることは、私にもわかりました。

「けどさ、ほら！　最後に作った曲！　歌は収録できてないんだけど、オケだけは作ってあるからさ。それだけでも聞いていってくれよ。俺と木村ちゃんの自信作！」

作った明るい声に悔しさが混じっていくのが、私にはわかります。

それは私にピアノの経験があって、耳がいいから――ではありません。

キウイさんの声をこの一年以上のあいだ、ずっと聞いてきたからです。

「それに……」

キウイさんの声には、半分涙が混じりはじめました。

「これが、JELEE最後の曲になっちゃうからさ」

「っ！」

最後の曲。

わかってはいたけれど、そうして言葉になってしまうと、どうしようもないくらい悲しくて。

「それじゃあ、JELEEで……ああ、タイトルもまだか」

寂しそうに言うと、キウイさんは画面をタップして、その曲を流しはじめました。

ののたんが作詞して、私が作曲して、キウイさんが編曲して。

けれどののたんの歌が吹き込まれることはなかったその曲が、私たちのお別れのメロディとなって、配信に流れます。

私は唇を噛《か》んで、その曲のイントロを聴いています。

コメント欄はもう、本当にめちゃくちゃでした。

やめないで、ドッキリ?、暴力アイドル、自業自得、JELEE大好き、クラゲの絵文字。

統制の取れない無法地帯のなかにキウイさんが作った壮大なイントロが流れて、コメントはさらに加速します。キウイさんが作った音にはJELEEの曲に対する愛や熱意があふれていて、きっとこのあいだ通話ではあんなことを言っていたけれど、本当はキウイさんだってJELEE

を続けたいんだなんて当たり前のことに、私はそのときやっと気がつきます。

「……私は」

学校にも家にも居場所がなくて、そんなとき電撃みたいにののたんに出会って。

それから私は推しのことを思うだけで、ぜんぶの場所が居場所になって。

だけど炎上事件で私はまた、一人ぼっちになってしまって。


そのあと見つけた大切な場所にいたのは、ののたんだけではありませんでした。

「私は……っ!!」


私の言うちょっとズレた発言に、まひるさんがツッコミを入れてくれて。

私の無知で世間知らずな部分を、キウイさんが一から丁寧に教えてくれて。

そんな私とみんなのやりとりを見て、ののたんがけらけらと、楽しそうに笑っている。

この場所では。

私にとってなによりも居心地がいい、この大切な場所では。

誰も私のことを変だとか、おかしいだとか、馬鹿《ばか》にすることはありませんでした。
ののたんという光に縋《すが》らなくても、私が私でいられる唯一の場所。
それが、私にとってのJELEE《ジエリー》なんです。

「――私はッ!!」

思いがあふれます。いてもたってもいられなくなって、私は勢いよく立ち上がっていました。絶対にあきらめちゃいけない、もしも私以外の全員がJELEEをあきらめていたのだとしても、私だけは絶対にあきらめてたまるか。

だって、私はののたんから一人にしてほしいって言われたときに、決めたんです。
キウイさんにも、わがままを言うみたいに宣言したんです。
――JELEEは、私たちが守ろう、って。
私はパソコンにつながったマイクを、勢いよく手に取ります。

コードがたわんで、机の上にあったペットボトルやティッシュ箱が床に吹き飛ばされました。でもそんなこと、私には関係ありませんでした。
私はキウイさんに教えてもらったでぃーてぃーえむの知識を思い出してマイクのミュートを解除すると――

「最後なんて、嫌です――――――――っ！！！」

きっと人生で一度も出したことのないくらい大きな声で、叫んでいました。
キウイさんやみー子さんは一体、どんな顔をしているのでしょうか。わかりません。私はただ必死に、パソコンの画面を睨《にら》みつけています。
私は曲のイントロが終わったと同時に、口を開きます。

「うたた寝ェ、して、いたぁ――」

調子の狂った声に、ブレブレの音程。
私はタイトルの決まっていないその曲を、めちゃくちゃな声で歌いはじめていました。

「ギターァ抱ぇたぁ、ままぁぁ！」

私は歌は下手だけれど耳が悪いわけではないから、最初の一音を出した瞬間にもう、信じられないくらい音が外れていることに気がついていました。

私は学校の歌のテストで何度もそれを笑われたことがあったから、この歌声を聞いた多くの人が私のことをどう思うのかも、痛いくらいにわかっていました。

下手すぎて笑える。

聞いてられないから早くやめろ。

やっぱり普通じゃない――変な子なんだね。

だとしても私は、歌うことをやめませんでした。

「置いてけぼり、だねェ、五分遅れの時計ぇェっ――」

届けたい思いが。

伝えたい言葉が。

守りたい、私たちの居場所があったから。

「め、めい!? なにやって――」

キウイさんが私の名前を呼んでいます。きっと、変なことをしている私を、止めようとしているんでしょう。

キウイさんはいつも、正しいことを言います。

大人で、冷静で、頭もよくて知識も豊富で、なんでも俯瞰《ふかん》できて。

世間からズレている私のことをいっつもいっつも、助けてくれて。

だからJELEE《ジェリー》のことも人間関係のこともでぃーてぃーえむのこともレスバ?のことも。

キウイさんに相談すれば正しい答えをもらえるんだって、私はキウイさんのことを心の底から信用していました。

だけど。

――いまだけは絶対に絶対に、私のほうが正しいって、私は私を信じていました。

「消し忘れてぇ、ぃたっ、パソコンのデースプレーぇ――っ」

だから私は、キウイさんを無視しました。

大好きで心から信頼していて、返したくても返しきれないくらいの恩があるキウイさんの言葉を無視して、私は歌だけに集中しました。

震える足、力がこもってしまう腕。

潤《うる》んでいるどころじゃない目からは、涙があふれてきました。

だけど私は絶対に、歌うことをやめません。


絶対に、やめてたまるか——！


「キウイちゃん！」

みー子さんの叫ぶ声が聞こえます。

「行って！」

その声が聞こえてから数秒後。

キウイちゃんが私の視界の端でドタバタと駆け出して、みー子さんの家を飛び出していきました。

「深海の部、屋をぉおっ、月みたぁに照らーぁす――っ」

それから数十秒後。

調子の外れた歌の向こう側で、バイクのエンジン音が鳴り響くのを、私は感じていました。


俺は静江《しずえ》さんに発破をかけられて、バイクを走らせて――

行かなきゃならないところに向かっている。

めいの魂の歌を。

聞かせなくちゃいけないあの馬鹿《ばか》に、届けないといけないから。

一人だけに向けられた歌で、あの馬鹿の目を覚まさせてやらないといけないから。

「花音《かの》……っ！」

いや、本当に馬鹿なのは俺のほうだったのかもしれない。

めいから解散の話を聞かされたとき、大人ぶってしょうがないだなんて諭して。

配信が始まったあとも、プロぶってヘラヘラと、配信の空気を窺《うかが》って。

本当は俺だって、JELEE《ジエリー》がなくなるなんて耐えられないくらい嫌だったくせに。

本当は嫌だってわがままを言って、駄々をこねたかったくせに。

俺は世界に対して傲慢《ごうまん》に、自分の願望をぶつける強さを持っていなかった。

現実と向き合っても上手《うま》くいかなかったトラウマが、きっと俺をそうさせているんだ。

だけど俺はいま、前だけを向いている。

加速して目標を定めて、一秒でも早く、あいつの家を――

「うああっ⁉」

バイクがなにか、缶のようなものを踏みつけた。

車体がバランスを崩して、俺の小さくて軽い非力な体が、重力に振り回された。

「ッ！　――あああぁぁぁぁああぁっ！」


だけど。

俺は叫びながら、無理やり体勢を整えた。


俺はずっと、かっこいいヒーローになりたかった。

背が高くて、力が強くて、人を助けては名前も言わずに立ち去る、そんな理想のヒーローに。

だけどこの瞬間の俺は、思っていた。

いまはこのバイクの体勢を戻せるだけの力と体重があれば、それでいい。
一秒でも早くあの馬鹿《ばか》の家に辿《たど》りつければ、あとはなんだっていいんだ。

めいが気付かせてくれた。
無理やりでもいい、下手くそでもいい、非力でもいい。
それでも思いを真《ま》っ直《す》ぐに叫べば、届けたい人に届く言葉になるんだって。

だから俺は絶対に、この歌を花音《かの》に届けてみせる。

あの歌は——めいの歌は。
自分よりもなによりもJELEE《ジェリー》のことを優先した、本物のポップソングだ。

やがて到着した花音と美音《みおん》さんが住むアパートの階段を駆け上がり、俺は花音の部屋のインターホンを連打する。
「は、はーい。……おおう、ピンク少女……⁉」

「失礼します！」

俺は美音《みおん》さんの脇《わき》を素通りして、だだだとロフトに直行した。

「な、なにごと〜〜!?」

困惑の声を無視して、俺はロフトの階段をのぼる。力が抜けきったように布団に横たわる、花音《かの》の姿が見えた。

「花音ッ！」

「え……キウイ？」

花音は、どこか虚無を漂わせる表情で、俺を見つめた。

説明とか理屈とか、そんなものはどうでもいい。

ただこれを聞いたら、すべてが伝わるはずだった。


「聞け!!」


俺はスマホの配信画面を花音の顔の前に、思いっきり突きつけた。

流れてくるのは、こんな声だ。


『泳いでぇ――ぇ！　泳いでえええぇぇぇっ――！』

マイクの近くで歌ってるのに大声を出すから、割れてしまった音質。

音程も滑舌もめちゃくちゃで、けれど魂だけはなによりもこもっている、俺たちの作曲担当の歌声。

やがてそれがめいの歌であることに気がつくと、花音の表情が一変した。

「めい……っ!?」


「月のなぁい夜にぃ────っ　明かりおぉ、灯《とも》したあぁぁっ！」

たくさんのコメントが目に入ります。私のことを応援してくれるコメント、感動を伝えてくれているコメント、配信によく来てくれる常連さんのコメント。

けれどそんななかで、どうしても私には、こんなコメントたちが目についてしまいます。

『これギャグ?』

『耳こわれる』

『の　ろ　い　の　う　た』
『やめちまえ』

「っ！」
トラウマが蘇《よみがえ》ります。歌のテストで笑われた瞬間。私が世界に変だと決められてしまった、境界線の記憶。つらくて顔が熱くなって、涙が零《こぼ》れ出してしまいます。
そうすると余計に声が裏返って、音程がドンドンと外れていくことを、私の耳は聞き分けてしまいました。

「クラゲの――っ！」

だけど私は絶対に、歌うのをやめません。

「歌声――――ッ!!」

だって私には。
なににも代えがたい、歌う理由があったから。

「明日の君に聴こえぇえる、ようにー―っ」

最後のフレーズを歌い上げると、その曲が終わります。

「はあ……はあ……！」

荒れた息を整えながら、私は配信の画面を見つめます。

すると。

コメント欄に、ほかのものから一際目立つ、赤い長方形が表示されました。

そこには竜ケ崎《りゅうがさき》ノクスという名前があって、支払われたと思われる値段とともに、メッセージが書いてあります。たしかこういうのをすぱちゃと呼ぶのだと、前にキウイさんから教わったことがありました。

『歌、ちゃんと届いたぞ』

それはきっと、ののたんがこの配信を聞いていることを意味していました。

いまこの配信が流れる画面の前に、ののたんがいる。

そう思うと、私の口からはどんどんと言葉があふれてきました。

「ののたん……聞いてください‼」

どうしてか、ののたんに言葉が届いている。そんな実感がありました。

「私はののたんが大好きです！」

私は普通なら言わないようなことを、本気で叫んでいます。

「けど、この前話したののたんは喋《しゃべ》り方も大人しくてかわいくて、下品なことも全然言わなくて、控えめで、まるで清楚《せいそ》なアイドルみたいで……」

思えばそれは、一年前まで私のなかにあった、ののたん像に近かったかもしれません。

「――そんなの、私が好きなののたんじゃないです！」

こんなめちゃくちゃなことを言って、ののたんは困っているでしょうか。

それとも、めいらしいなあって、笑ってくれるでしょうか。

「私が好きなののたんは、自分勝手で、声が馬鹿《ばか》みたいに大きくて！　――ガサツで、ファッションセンスが合わなくて、ぜんぜん清楚じゃなくて、しょーもないことでゲラゲラ笑って……すぐ私以外にも好きって言う浮気者で……っ！」

言えば言うほど。

「そんな……っ、私とは似ても似つかない、めちゃくちゃな女の子で……！　けど！」

私の目からは、ぼろぼろと、涙があふれてきました。

「私のメロディを世界一キラキラ輝かせてくれる、私が大好きな女の子なの！」

JELEE《ジエリー》に加入したばかりの私は、橘《たちばな》ののかと山ノ内花音《やまのうちかの》の両推し。

つまりののたん箱推しだって言ったけれど。

いまの私はきっと、JELEEちゃん単推しです。

「だからJELEEはまだ続けるんです……っ」

あんなに私を魅了して、ここまで私に推させてみせて。

だったら推される側の責任ってものが、あると思うんです。

「――私を好きにさせた責任、取ってくださいっ!!」

私が言い切ると、それから数秒後。
配信しているパソコンの、でぃすこーどが鳴りました。
私がその通話を受けると、そこからはののたんの声が聞こえます。
『……ぁははっ』
それはどこか湿った温度の、けれどどこか前向きな、笑い声でした。
『ずるいよ……。そんなこと言われたら……断れないじゃん』
その声には、私が好きなののたんの、どこか無鉄砲な響きが、戻ってきていました。
『みんな、ごめん。……まだ怖いけど……ちゃんと歌えるか不安だけど』
そしてののたんは、涙と笑顔が混ざったような声色で、こう言いました。
『私……もう一回、歌いたいっ』

言葉が、届いた。

ののたんの、役に立てた。

私はそのことだけで胸が一杯になって。

「……ふへ」

つい、いつものオタクっぽい笑みが、こぼれてしまうのでした。


『私……もう一回、歌いたいっ』


暗い部屋。私はペンを持つ指先に、力を込めていた。

配信を聞きながら、どうすればいいだろうかと思っていたけど。私のせいで私が大好きな場所を壊してしまったのかと、怖くなってしまったけど。

私はいま、私がいないJELEE《ジェリー》から、新しい気持ちをもらっていた。

「……待っててね」

零《こぼ》れる前に、袖《そで》で目をぬぐう。私はあのときした、花音《かの》ちゃんとの約束を思い出す。

JELEEのアカウントのbio欄にずっと刻んである、子供みたいな夢物語だ。

「必ず……もっと上手《うま》くなって」

ペイントソフトを起動する。走るペン先はクラゲのように柔らかく、未来へ続く描線を描いた。

「約束を、果たすから」

きっとそれが私の選んだ道とJELEE《ジェリー》をつなぐ架け橋になると思ったから。


あれから数日後。

俺はネットの底辺まとめサイトを見ながら、頭を抱えていた。

「……ま、そりゃいつかは、こうなるよな」

俺が見ていたのは、『海月《うみつき》ヨルさんに続き、竜ヶ崎《りゅうがさき》ノクスさんの正体も、判明しました！』なんて書いてある、クソみたいなまとめサイトだ。

一週間前にはもうまひるの個人情報は完全にバレてしまっていたから時間の問題だとは思っていたけど、ついにこのときがやってきてしまったか。

海月ヨルの過去のポストを辿《たど》ると、大昔の壁画前での俺とまひるのツーショットが残っている。そして壁画のプレートの『渡瀬《わたせ》絵画教室』という文字がフィーチャーされ、渡瀬絵画教室の個人ブログから、俺につながってしまっていた。

不幸だったのはきっと、この名前と、俺の早熟な優秀さだろう。

『渡瀬キウイ』なんて名前はほかにないから、検索すれば俺の過去の情報は山ほど出ていて、特に小さいころは何度も絵画で小さな賞を受賞していたから、そのなかのいくつかで顔写真とつながるものもあった。それが静江《しずえ》さんのライブの隠し撮りや、スポーツジムの嘘《うそ》自撮りでの映り込みの俺と比べられ、同一人物だとほとんど確定。

さらに俺は小さいころ、自分の趣味を全開にした絵で受賞したこともあったから、そのヒーロー趣味と竜ヶ崎ノクスがつながり、ダメ押しになった、というわけだ。

「はあ……。どうしたもんか」

俺が頭を掻《か》きながら考えていると。

ふと、ネットのつながりはほとんどDiscordにしてしまって以来、滅多に鳴ることはなくなったLINEの通知が俺のスマホに届く。

その時点で、俺は嫌な予感がしていた。

「っ！」

そして通知の内容を読んで、俺は血の気が引いてしまった。

『ノクスってなに？ｗｗ』

それは俺の小学校の同級生からの、嘲《あざけ》るようなメッセージだった。

11 竜ヶ崎ノクス

「うおぉ⁉　どこから撃たれた⁉　くっそぉ！」

俺は俺の好きなものに囲まれた部屋で、俺が好きなゲームをやっている。

同接は二〇〇〇人くらいいて、少し前よりも一気に登録者も増えている。

なにか大きな出来事がないと、あり得ないくらいの伸びだ。

「死体撃ちされた⁉　……絶対許さんっ」

俺はコミカルにヒーロー口調を作ると、視聴者と戯《たわむ》れながら、配信を作り上げていく。

そのとき、ふと流れた一つのコメントに、俺の目が止まった。

『渡瀬《わたせ》キウイ』

「っ！」

それはそのまま特に大きく取り沙汰《ざた》されることなく流れていくが、俺がそれを無視できるはずがなかった。奪われた意識のせいで、操作の精彩を欠く。

「ああっ！　またミスった！」

コメント欄には『調子悪いの？』『集中しろ』『今日人多いな』『ピンク髪似合ってました』などさまざまなコメントが流れる。顔バレの記事が出たばかりだから、まだそれを見つけている人と見つけていない人に分かれているのだろう。けれどインターネットの噂《うわさ》なんて広がるのは一瞬だから、もう明日には、少なくともこの配信にくるような人にはほとんど知れ渡っているだろう。

「また煽《あお》られた⁉　あーもう、今日はここまで！」

コメント欄に流れる『草』だとか『おこらないで』みたいな定型文のなかに、『渡瀬キウイ』と俺の本名が交ざる。チッと、思わず舌打ちが漏れた。

「それじゃ、グッバイ世界！」

やや投げやりな調子で言うと、俺は配信設定のＮＧワードに、『渡瀬』と『キウイ』を追加して、配信画面を閉じた。

＊＊＊

『最後なんて、嫌です――――――――――っ！！』

次の日。まひる以外のJELEE《ジェリー》メンバーが集まったカフェバー。

カウンターの上に置かれたスマホからは、めいの声が流れている。画面にはTikTokの『伝説の生放送』『神回』だとか書かれた切り抜き動画が表示されていて、カソウライブのときに映像に残っためいの黒いシルエットが静止画として使われていた。

そしてそのまま流れてきたのは。

『うたた寝ェ、して、いたぁ――ギターァ抱えたぁ、ままぁぁ！』

めいが必死に歌った、調子の外れた本物のポップソングだった。

『置いてけぼり、だねェ、五分遅れの時計ぇエっ――』

「……恥ずかしいです～～!!」

めいが顔を真っ赤にして、両手で覆いながら叫ぶ。

花音《かの》はスマホを置いたまま操作して、そのユーザーページに飛んだ。どうやらその動画の再生数を確かめているようだ。

そこには……まじかよ。2.2Mという文字が表示されていた。

「えーと、この『M』って……？」

「二二〇万再生。死ぬほどバズったな」

「二二〇万⁉」

花音の疑問に俺がさらっと答えると、花音はひっくり返って驚く。

そんな横から、めいの腕がゆっくりと伸びていた。

「通報………動画の不正利用……」

「せぇい！」

めいの手がスマホに届く前に、花音がスマホを奪う。

「ど、どうして！　このままじゃ私の歌が、全世界に……！」

「こんだけ伸びてるんだから、さすがにもったいないよな」

「それに……ほら」

コメント欄を開く花音。めいが覗《のぞ》き込んで見ると、『なにこのリアル人間ドラマ』『このグループ知らないけど泣いた』『この曲のフルまだ？』と温かいコメントで溢《あふ》れている。

「誰もめいのこと、馬鹿《ばか》にしてないよ」

「……ののたん……」

はっとしためいは、花音のほうに顔を向ける。

めいの目と鼻の先には、花音《かの》の横顔があった。

「ガチ恋距離……」

「画面見てもらえる?」

花音がさらっとツッコむ。相も変わらずすぎる二人のやりとりを見ながらも、俺はちょっとすごいことが起きたな、と思っていた。本物のポップソングとは思っていたものの、こんな広がり方をするとは思わなかった。

「だからさ、私思うんだ。……やっぱりこの曲、完成させたいなって」

「そうですね。……私も、聞きたいです」

花音の提案にめいが頷《うなず》く。

けど、そこにはいろいろと問題もあるはずだ。

「けど、まひるがいないんじゃ、MVは作れないよな? いいのか?」

「うん。そうだけど……」

花音は、少し考えて。

「まひるはいま、前に進んでるんだ。だから私たちも、進もうよ」

ポジティブな声色だが、本当のところはどうなのだろうか。

最近花音の元気が虚勢に見えることがあまりにも多くて、どう対応するべきか、いつもワンテンポ遅れてしまう。

めいもじっと、心配そうに花音を見ていた。

「──けど、ののたん」

ぼそりと、声を出す。

「うん？」

めいは、花音の目を真っ直《ます》ぐ見つめている。

「もう──歌えるんですか？」

俺も頷く。

いまや伝説の解散配信とか言われているあの放送のなかで、たしかに花音は言っていた。

──『まだ怖いけど……ちゃんと歌えるか不安だけど』

歌う理由を見失って、怖くて歌えなくなってしまって。

それからめいの歌によって、言葉によって、歌いたいという気持ちが蘇《よみがえ》ったのは間違いないだろう。

けど、実際にまたいままで通り歌えるかとなれば、話は別だと思った。

「……どうかな」

俺とめいは、その自信なさげな言葉にはっと目を見開く。

だけど花音《かの》は、前を向いて。

「けど……それ込みで挑戦、でしょっ」

俺の耳には花音らしく聞こえる、前向きな言葉を落とした。


私は早川《はやかわ》プロダクションの応接室で、雪音《ゆきね》さんと向かい合っている。MV用の素材とサンフラワードールズのキャラクターデザイン初稿を提出して、それを見てもらっているのだ。

私が飛び出して、JELEE《ジェリー》が解散の危機を迎えて。けれどめいちゃんの魂の歌の力で、それが引き止められた。私は自分の決断がもたらした影響に責任を感じながらも、だからこそ、この仕事を中途半端にするわけにはいかない。そう思って描いた渾身《こんしん》のイラストだ。

まずはサンドーのメンバーのデザインが一枚ずつ印刷された用紙を前に、二人で向かい合う。

やがて雪音さんは、眉《まゆ》をひそめながら言った。

「ダメね」

「え……」

じっと、私を試すように見る。

「……私が感じたあなたの絵の魅力が、ごっそりなくなってる」

「私の絵の……魅力？」

ピンとこなかった。

自分のどこを伸ばせば魅力になって、どこが余計なのか。

けど少なくとも、あのライブのときに描いた絵より私は、絵が上手《うま》くなっているはずだった。

「そうね。……海月《うみつき》先生」

雪音さんは、少し考えると。

「──あなたは、この絵のどんなところが好きなの？」

「それは……」

難しい問いだと思った。

だから私は絵を必死に見る。なかなか言葉が出ない。気持ちが焦ってくる。

「た、例えばここ、この身体と腕の角度が、上手く描けて……」

思い出していたのは──批判コメントと向き合っていた夜のこと。

腕の覚悟が変だと言われて、それを必死に直した。だからいまの私の絵は、あのときよりも正確だ。

「……それから？」

回答を間違えなかっただろうか。

雪音《ゆきね》さんはつまらなそうに、値踏みするように、私に問い直してくる。

「そ、それから……こっちの目は立体感がしっかり出せたし……」

それはまた、あのときコメントに指摘されたことで、身につけた技術だった。

私は一つずつ、私がこの絵でこだわったはずのポイントを、思い出していく。

「髪の塗りも……時間をかけて丁寧に……」

「……なるほどね」

もういい、といった具合に言う雪音さんの顔は冷たく、けれどどこか、深くまでを覗《のぞ》くような迫力があって。

「あなたは――自分の絵のことが、好きじゃないのね」

「っ！」

痛いところを突かれたと思った。

私は指摘コメントのまま自分の絵を直して、お手本を正解として前に進んでいった。

だけど、それで私の絵が、自分の好きな絵に近づけていたのかと言われたら――。

「ただ『上手《うま》い絵』が欲しいなら、付き合いのあるベテランの絵描きに頼んだほうがよっぽど上手に描いてくれる。私はあなたの絵が欲しいから、あなたに頼んだの」

それは嬉《うれ》しい言葉だった。けれど同時に、プレッシャーでもあった。

「あなたの――海月《うみつき》ヨルの絵が」

＊＊＊

数十分後。

私は雪音さんに連れられて、早川《はやかわ》プロダクション近隣のスタジオに案内されていた。

サンフラワードールズの面々に顔合わせを兼ねて、ダンスのモーションキャプチャーをするところを見せてくれるのだそうだ。

いくつものカメラに囲まれた真っ白なスタジオで、サンフラワードールズのメンバーたちが踊っている。私は雪音さんと一緒にそれを見ていて、スタッフさんの手元のパソコンには、メンバーのみんなの踊りがリアルタイムで３Ｄモデルに反映されていた。リアルの踊りに合わせて、なにも描かれていないのっぺらぼうみたいなモデルが、滑らかに動いている。

「へえ……」

私が感心しながら画面を見つめていると、それに気がついたスタッフさんが振り向いて、私に微笑《ほほえ》みかけてくれた。

「本番はこの振り付けを使って、リアルタイムでバーチャルのサンドーに踊ってもらいます」

私は、その3Dモデルを見ながら、想像を膨らませる。

「……ここに、私のデザインが」

自分の描いたイラストが、プロによって3D化されて、たくさんの観客の前で踊る。それはなんというか、自分の身の丈に合ってないような感覚もあって。

考えるだけで私は、そわそわと緊張していった。

＊＊＊

小一時間後。

「お疲れさまでしたー」

見学を終えた私はプロダクションの厚意で、タクシーで帰らせてもらうことになった。住所を告げると方向が一緒の人と相乗りになるとのことだったのだけど、私は——

「それじゃ、瀬藤《せとう》さんは同じ方向の海月《うみつき》先生と一緒でお願いします。領収書、忘れないように！」

「はーい☆」

——花音《かの》ちゃんが起こした事件の被害者と報じられている、瀬藤メロさんと一緒になるのだった。

車内に二人で、無言が続く。

タクシーに乗るまではスタッフのみんなに愛嬌《あいきょう》を振りまいていたんだけど、私と二人っきりになった途端スイッチが切れたように窓の外を見つめはじめて、すごくオンオフが激しい女の子って印象だ。まあ、アイドルってそんなものなのかな。手にはピンクのモンスターエナジーが握られていて、瀬藤さんは無言のままそれをストローで飲んでいる。

けど、この子からしたら私も仕事相手のはずだし、それならさっきまでのスタッフと同じように愛嬌を振りまくべき相手のはずだ。なのにこうしてみんなとは違う態度を取ってくるということは……私がJELEE《ジエリー》で花音ちゃんの仲間だということを、少なからず意識しているのかもしれないな。

私は暴行事件のネットニュースを思い出しながら、瀬藤さんの横顔をまじまじと見ていた。

「……なに」

「あ、いやえっと……」

まずい、見過ぎた。どうやら瀬藤さんは窓の反射で私の表情を確認できたみたいで、窓の外を見たまま振り返らないで、私に喋《しゃべ》りかけてくる。

「事件のことなら、なにも言えないよ」

なんてことを瀬藤《せとう》さんは言う。いきなりなかなかにご挨拶《あいさつ》だな。

私はちょっと驚きつつも、冷静に返す。

「なんですか、それ。違いますよ」

「けど、ずっとそういう顔で見てたし」

それは否定できない……実際花音《かの》ちゃんの事件の子だ、って思いながら見てはいたしな。

私はペースを乱されつつも、気を取り直す。

「……私、事件のことを知ろうとは思ってないんです」

私が言うと、瀬藤さんは意外そうな表情をして、初めてこちらに顔を向けた。

「それは……なんで？」

やや寂しそうな、怯《おび》えるような声で尋ねてきた。

「それは……」私は少し考えて。「ネットで散々叩《たた》かれて、責任を取って引退までして。なら、掘り返さなくてもいいかなって」

「……ふーん」

考え込むように言うと、瀬藤さんはつまらなそうに、声をもらした。

「立ち上がった今の花音ちゃんのことを知ってれば、それでいいと思ってるんです」

しばらく無言が続く。

瀬藤さんはなにを考えているのだろうか、思考の読めない瞳《ひとみ》でじっと、画面の点《つ》いていないスマホを見つめると、やがて画面を下向きにして座席に伏せた。

「――じゃあ逆に、私から質問」

瀬藤さんの視線は伏せたスマホから私の膝元《ひざ》へ移動して止まって、私とは目が合わない。

「海月《うみつき》先生。……見ろバカのことは知ってる？」

「えーと……暴露アカウント、ですよね」

めいちゃんから聞いた。アイドルの裏の顔を暴露して、地獄に落として。そしてその正体が雪音《ゆきね》さんだと言われてる、ってことも。

正直少し話した感じ、あの人が本当に見ろバカなのか、って言われたらちょっと難しい気がした。たしかに仕事に極端な人に見えたからやりかねないとも思ったけど、バレたときのリスクのことも考えると、その一線を越えるだろうかって疑問は残る。

「……あれについては、どう思う？」

見ろバカについて、か。

どうしてそんなことを聞きたいのかはハッキリしなかったけれど、見ろバカとサンドーにはいろいろと因縁みたいなものがあるだろうし、私が知らないなにかがあるのだろう。

私は、少し考えて。

「……最低、だと思います」

「っ」

というのがたぶん、社会的に正しくて、みんなが思う直感的な答えだ。

けれど私はここ一年で、いや——もっと長い間の生き方を通じて。

いろいろなことを学んでいた。

「——とだけ言うのは、良い子ちゃんぶりすぎなのかなって」

すると瀬藤《せとう》さんは、驚いたように私をじっと見た。

「顔を隠して、人を傷つけて……本当に酷《ひど》いと思います」

それは間違いない事実だ。

「けど見ろバカってなんていうか……クソデカな愚痴、って気もして」

「……なにそれ？」

ここから話すのは、偉そうな意見かもしれない。

私がJELEE《ジエリー》としてある程度上手《うま》くやれたって実感から来る、傲慢《ごうまん》な余裕なのかもしれない。

けど、それでも私はたぶん——本気で絵ってものに向き合ってみて。

上手くいくことも、いかないことも、両方を経験してみた今。

——何者にもなれない、そもそもなりたくないと思っている人の気持ちも、少しはわかるような気がしていた。

「……私、昔から学校では言いたいことが言えなくて、違う所で愚痴ってスッキリ、みたいなことが、多かったんです」

「……」

私はいつも、キウイちゃんに電話で愚痴っていた。イラストレーターのまひる先生って揶揄《やゆ》されただとか、そんなことを話していたところから、JELEEの物語は始まっていた気がする。

「人って……自分が変わるわけじゃないのに、愚痴を言い合うだけでちょっと、楽になれたりするじゃないですか。団結できたり、誰かを下げて安心したり、そういうのです。……まあ、私もそうだったんですけど。ひどいですよね？」

私は自虐的なことを、ちょっとおどけて言う。

「……見ろバカもそうだ、って？」

瀬藤さんは意外そうに、私を見ていた。

「はい。……私は多分、いまはそういうところから抜け出せてるんですけど……それって誰かに出会えたり、運が良かっただけでもあって」

思っていたのはもちろん――花音《かの》ちゃんと、そしてみんなとの出会いだ。

「運が悪かったら愚痴ってる自分のままだっただろうなー、とか、いまからでも躓《つまず》いたらまたそこに向かって転んじゃう可能性だってあるんだと思うと――いまの私が全部否定しちゃうのは……ちょっと、ズルい気がして」

自分でもどっちつかずのよくわからない意見だな、と思う。

けれど、これがいま、受験を控えた高校三年生の光月《こうづき》まひるが思う――実感だった。

見ろバカみたいなものは、絶対になくなったほうがいいものだと思う。

だけど、見ろバカみたいなものがないと毎日の生活が耐えられない人がいるというのも事実で——そういう人がそういう暗い場所にいることが、その人の責任とは限らない。運や環境のせいってこともある。

ならば。

愚痴ガチ勢だった私に言わせてみれば、愚痴っていうのは現状に満足いってない人が、上手に呼吸する方法でもあると思った。

「だったらそういう暗い場所にいる人から呼吸を奪うことが、絶対の正義だとは、言いきれないなーって思います。……かといって、見ろバカを肯定したいわけではないですけど！」

私は考えをまとめて、瀬藤《せとう》さんに伝える。

うん、やっぱりクラゲふわふわ女子高生って感じの意見で、まとまってないな、我ながら。

「ふーん」

瀬藤さんは少しだけ柔らかい声色で言った。

どこかぶっきらぼうで。けれど少しだけ、気を許したような温度で。

「……ののかの周りには、変なやつしかいないんだね」

ののたんのお家に二人っきりで、今日はなにかが起きてしまうかもしれません。

けれど、ダメです。だって今日は、遊びに来たわけではないんですから。

ののたんはロフトの上のいつものマイクの前で、新曲を歌っています。私が配信で歌った新曲。あれを完成させようと、ののたんの歌の収録に立ち会っていました。

「ごめん、……ちょっと止めるね」

ののたんは落ち込んだように言うと、流れていた伴奏と録音を停止しました。

私も横でそれを聞いていますが──それは、なんというか。

しばらく黙って、視線を合わせます。その理由は、言うまでもないことでした。

「いまのは……ののたんの歌じゃありませんでした」

ののたんは苦しそうに、頷《うなず》きます。

「だよね。やっぱり私、前みたいには……」

そしてののたんは、遠くを見つめて唇を噛《か》みました。

「……私、なんのために歌ってるんだろう」

半分泣きそうな口調。私の前でここまであからさまに弱みをみせるののたんは、珍しくて。

私が家の前で待ち伏せして話したときも、ののたんはあくまでアイドルの仮面で強く振る舞っていました。

「……ごめん、なんか変だね私」

私は考えます。

こうして本音を晒《さら》してくれるののたんに、言えること。

私だからこそ、ののたんに伝えられること。

私はそれを思いつくと、ののたんの顔をじっと見ます。

「……なんのために、がわからなかったら、それでもいいと思うんです」

「え……?」

「たぶん、わからないといけないのは……」

それは私がピアノで悩んでいたとき――ののたんから、教えてもらった答えでした。

「誰に伝えたいのか――だと思います」

「誰に……」

ののたんはゆっくりと、私の言葉を繰り返しました。

私はパソコンの前に置いてあるシンセサイザーの鍵盤《けんばん》を見て、思い出します。

「――『ただ音符を追っているだけで、伝えたいものが見えてこない』」

「っ!?」

ののたんの表情が変わりました。

「……私がよく、ピアノを教えてくれた人に言われた言葉です」

私はののたんに踏み込むように、それを語ります。

「私はずっと、ただ親に言われたままに弾いているだけで」

それはずっと、灰色の記憶でした。

「ピアノが好きかすら、わからなくて」

弾かなくちゃいけないから。

弾かないと怒られるから。

弾かないと、誰からも褒めてもらえないから。

必要としてもらえないから。

「――けど私は、ののたんに出会ってから、変わったんです」

私は、伝えたい人を見つけて。

なんのために弾くのか、その理由を見つけて。

譜面に勝手に『作曲：木村《きむら》ちゃん　歌唱：ののたん』と書くようになってから。

世界の色が、丸ごと変わったんです。

そしていま私たちが作った曲のクレジットには、『作曲：木村ちゃん　作詞・歌唱：JELEE《ジェリー》』

という文字が書かれていました。

私は未《いま》だに、ののたんに伝えたくて作曲をしています。

だとしたら。

ののたんの歌は——一体、誰のために？

「……この歌詞って、いつ書いたものでしたっけ？」

私が尋ねると、ののたんは曖昧《あいまい》な口調でぼそぼそと、それを答えます。

「……ハロウィンのライブが、終わった後に……」

だとしたら、変わってしまっている、と思いました。


「——全部、変えませんか？」

「え？」

私の口調は自然と、ハッキリと確信めいたものに変わっていきます。

「変えませんか？　ののたんがいま歌いたいことに、歌詞を全部」


私は、家で集中して絵を描いていた。

私の作ったデザインが、ああやって３Ｄモデルになって踊る。

現金なものだけど、ああして多くの大人が、一つのイベントのために動いている。現場を見学して刺激を受けた私には、地に足の着いた熱意みたいなものが灯《とも》りはじめていた。

けれど。


――『あなたは――自分の絵のことが、好きじゃないのね』

じゃあ私は一体、どんな絵を描くべきなんだろうか。

その答えは、いまだに見えていなかった。

するとそこで不意にLINEが届き、はっと集中が途切れる。機内モードにするか通知をオフにしておけばよかったな、なんて思いながら見ると、

『ねえ、JELEE《ジエリー》ってまひるだったんだ？』

それは顔バレ以来ちょいちょい来るようになった同級生からの野次馬的なLINEで、この子はたぶん小学校以来ほとんど連絡を取り合っていない女の子だ。さらに今度みんなで一緒に遊ぼうというような文面が追撃で届いて、嫌だなあと思いながらも開いてみると——これは余計厄介なことになったな、と思う。

そこには『渡瀬《わたせ》も一緒に』という文面があった。

「……キウイちゃんのことも、結構広まってきたんだ」

正直私が顔バレをして、同級生に広まっても、やや面倒くさいくらいで大したダメージはない。けど、キウイちゃんは——花音《かの》ちゃんに次いで、もしくは同じくらいのダメージがある立場だったはずだ。

気になって調べてみるとキウイちゃんは顔だけでなく名前と学校までバレてしまっているようで、なのにピンク髪ということは『不登校!?』みたいな風にまで騒がれている。そのまとめサイトでは『けれど女子高生の時点で所属ユニットがここまで成功してしまえば、学校に行く必要はないのかもしれませんね。いまはさまざまな働き方がある時代です。』みたいな感じで前向きに締めくくられていたけれど、それにしたって人のプライベートを食い物にしていることには変わらない。

「……大丈夫かな、キウイちゃん」

私は漠然と不安に思いながらも、またイラストの作業に戻った。

＊＊＊

その数日後。

私はまた早川《はやかわ》プロダクションにお邪魔していた。

指摘された直しに応じてデザインを修正し、数日前に送った。

今日はその結果を聞かされる。

私が応接室で待っていると、ややあって雪音《ゆきね》さんが入ってきた。

「お疲れさまです」

「お疲れさま」

一言発するだけで空気を変える声色。手に持っているのは恐らく私が送ったデザインを印刷したもので、そこにきっと、さまざまなメモが書いてある。

ゴクリと緊張して言葉を待っていると。

雪音さんから放たれたのは、予想外の言葉だった。

「海月《うみつき》先生、ごめんなさい。……時間切れよ」

「……え？」

時間切れ、とは一体どういう意味だろうか。

「本当はもう少しチャレンジさせてあげたかったんだけど、３Ｄモデル制作のことも考えると、時間がなくてね」

そして雪音《ゆきね》さんは、一枚の紙を私に差し出す。

「っ！」

一目見ただけでわかった。それは私の絵に、あまりにも具体的な直しの赤線が、大量に描かれているもので。

いや、ここまでいくとこれは直しというよりは——

ただ私の絵の上から、別の新しい絵が描かれているだけ。そんな印象だった。

私は驚いた——というよりも、胸が痛くなって、呼吸が苦しくなっていった。

「こ、これじゃもう、私の絵じゃ……」

「……そうね」

雪音さんは、残念そうに息を吐いた。

「私も本当は『海月ヨルの絵』が欲しかった。……けど、時間内にそれはもらえなかったの」

淡々と、事実を告げるように。

「もちろん拘束料は払うし、原稿料も最初に話した額だけ出す。これをあなたの絵として宣伝するでもいいし、もし気に食わないなら名前を伏せるってことにしてもいい。海月先生が選んでいいわ」

筋は通す、ということなのだろう。きっとこの絵を別で準備することだって、簡単なことじゃなかったはずだ。

「だ、だけど──」

「海月先生」

その瞳《ひとみ》は、有無を言わさない強さに満ちている。

「ここが、大人としての妥協点よ」

「っ！」

雪音さんの目にかなうものを描けなかったのは私だ。報酬も名誉も与えると言っている。そこまで提示されたら私としてはこれ以上、反論するのは難しかった。

「──この通りに、直してくれる？」

＊＊＊

夜の表参道《おもてさんどう》。

私は早川《はやかわ》プロダクションから駅までの通りを、さっきもらったイラスト片手に歩いている。

「いやーよかったよかった、間に合わないってなったら最悪だけど、この通りに直せば良いだけだもんね」

明るい口調で独り言を言う。

表参道に並ぶお店はどれもこれも華やかで、道行く人もなにひとつ不満のないような表情で。

きっとこの空間で納得してないのは、私だけだ。

「うんうん、これならまあ、自分の絵ではなくなっちゃうけど、締め切りは守れるし、セーフセーフ……」

言いながら、私の声は徐々に、悔しさで潰《つぶ》れていった。

「なんて思えるわけ……ないっつーの……！」

私のなかの絵描きの部分が、このままで終わりたくない、と叫んでいる。

私は表参道の駅に着くと、そこから渋谷《しぶや》に向かい——ＪＲに乗り換えずに、街へ繰り出した。

そして私はまた、この壁画の前にやってきていた。

私は思い出す。自分の絵が壁画の原案に選ばれたと喜んでいたときのこと。

私は思い出す。キウイちゃんと一緒に壁画を楽しそうに描いていた自分と、それによって出会った花音《かの》ちゃんたちのこと。

雪音《ゆきね》さんは言っていた。

海月《うみつき》ヨルの絵の魅力が、ごっそりなくなっているのだと。

あなたは――自分の絵が好きじゃないんだろう、と。

「海月ヨルの絵……か」

私は自分が今回描いた絵やポートフォリオと、壁画を比べる。

刻まれた海月ヨルという文字を見ながら、私は考える。

私はいま、光月《こうづき》まひると海月ヨル、どっちなんだろうか。

＊＊＊

自宅、自分の部屋。

私は落ち込んだ気持ちを抱えながらも、キウイちゃんと通話していた。

「そっか……新曲、また作ることにしたんだ」

『おう』

JELEE《ジェリー》を自分の意志で一時的に飛び出していった私。だからこの悩みをキウイちゃんに愚痴るようなことをしたくなかったから、私は落ち込みを悟られないように、キウイちゃんと話をする。

私は雪音《ゆきね》さんから指示された赤字をそのままなぞりながら、話を聞いていた。

『まだ、歌う理由に迷ってるみたいだけど……まひるが前に進んでるから、花音《かの》たちも追いつきたいんだってさ』

「……花音ちゃんが」

その言葉で、はっと目が覚める。なぞった赤字の線を消しゴムツールで消した。

「あのさ、キウイちゃん」

『うん？』

「お願いがあるんだけど」


俺はまひると通話しながらリビングに移動して、古い棚を漁《あさ》る。

「ん〜ないなあ。壁画のだよな？」

『うん……元になった絵、もう一回見たかったんだけど……』

まひるのお願いとは、あの壁画の原案になったイラストを、もう一度見たいというものだった。その理由はハッキリとはわからなかったけれど、きっとなにかいまの仕事の参考にしたいんだろう。なんでも原点に返ることっていうのは重要だしな。

「てことは……大宮《おおみや》の倉庫にあるな」

『ほんと？　それじゃあ今度一緒に――』

と、そこでまひるの言葉が止まった。

『……連絡だけ、しといてもらえない？　そうしたら私、一人で見にいくから』

俺はその言葉と言い方に混じる、遠慮とか気遣いとか――そして俺を弱いものとして扱うような視点が――正直に言うならば、すごく居心地が悪かった。

「……もしかしてお前さ、余計なこと心配してる？」

『う……まあ大宮って、意外と狭いし……』

「はあ。やっぱりな」

特にこいつは、余計なことにまで気を回すタイプだ。

『……だって私たちのこと、結構広まってるし。……キウイちゃんのところにも、メッセージとか来てない？』

言われて俺は、肩がビクッと震える。

俺のLINEには『中学になってから聞いた話、全部嘘《うそ》ってこと?』『失望したわ』みたいな内容のメッセージが四~五件届いていた。大した分量ではないけれど、それが全部『俺の嘘に気がついて責めてきているもの』だとすると、なかなかな量な気もした。

「……いや?　別になにも来てないぞ?」

『……ほんと?』

得意の嘘でまひるを誤魔化す。いや、本当に誤魔化せているのかはわからないけど、証拠はないのだから、言い張ってしまえばこっちのものだ。

届いているメッセージの一つを開くと、動画リンクが送られてきたあとに『引きこもりながらこれ話してるってマジ?笑』みたいな文章が届いている。その動画は『竜《りゅう》ケ《が》崎《さき》ノクス、学生時代の陽キャエピソードまとめ』みたいなタイトルで、なんとまあ効率的な煽《あお》り方を知っているものだ。こいつは俺たちが小学校のころ、別の女子グループで一番目立っていた真弓《まゆみ》で、なんというかグループのリーダー格同士ってことで、目の敵《かたき》にはされていたと思う。

それがいまも続いている——ってほどお互いに子供ではないと思うけど、少なくとも上手《うま》く関係を作れていた相手ではない。

「ほんとだよ。っていうか、もし知り合いにバッタリ会って、なんか言われてもさ。うるせー黙ってろって、言い返してやるだけだからさ!　それこそ——」

言葉だけはいつもの調子で明るく元気よく、いかにも強そうに。

けれど頬《ほお》が引きつるのを感じていた。

「……——パンクバンドみたいに、さ！」

思い出していたのは、俺が高校で俺を噂《うわさ》する同級生たちに一言言いたくて、けれど言葉が出なかったあの瞬間。

世界という巨大な化け物に、俺が敗北した瞬間だ。

『……あはは、そっか。キウイちゃんらしいね』

「おう！　あったり前だろ？　なんてったって私は、最強のヒーローだからな！」

言いながらも俺は、LINE上では『友達』名のついた知り合いたちを、次々とブロックしていく。真弓、濱内《はまうち》、健一《けんいち》、ぷーやん、ダイキチ、はせみゆ。

一人ずつ葬るようにブロックし終えて、スマホの画面を消したとき、そこに映る俺の表情は、どこか虚《うつ》ろだった。

「……だから気にすんな、行こうぜ」


わたしは一人でパソコンに向かい合って、新曲の歌詞を考えている。

——『変えませんか？　ののたんがいま歌いたいことに、歌詞を全部』

めいに言われたことが、頭のなかに蘇《よみがえ》る。

わたしがいま、歌いたいこと。

「あああーっもう！　わからん！」

わたしはバタバタと悶絶《もんぜつ》しながら、目に見えないものを、摑《つか》もうとしている。

「……私は……なんのために、歌うのか」

一人で言いながらもパソコンの画面と向き合う。そこにはわたしが初めて作詞した曲、カラフルムーンライトの歌詞が表示されていて。

「——誰のために、歌いたいのか」

唇を噛《か》みながらも、わたしはそれに向き合いつづけた。


数日後。

俺はまひると一緒に、大宮《おおみや》に来ていた。

人目を気にしてフードを深く被《かぶ》りつつ、俺たちは駅から倉庫までを歩いている。

「で、なんで急に昔の絵が見たくなったんだ？」

「……うーんとね」

まひるは、少し迷ったように言う。

「私って、自分の絵のこと、ホントに好きなのかな、って」

「……あのときも言ってたな、自分の絵と、自分のことを好きになりたいって」

まひるが早川雪音《はやかわゆきね》の仕事を受けると決めて、それを伝えた花音《かの》が感情を乱して。

そのときどうして仕事を受けるのかと聞かれたまひるは、自分の絵を好きになりたいから、と答えていた。

俺は正直、まひるに相談を受けたときに『まひるの人生はまひるのもの』だと答えたみたいに、今回の件に関しては、まひるがやりたいようにやるべきだと思っている。それどころかある意味、まひるが自分が絵を描く理由やモチベーションを見つけられたのだったら、幼馴染《おさななじみ》として応援したいと思っていた。

「うん。けど、いまの仕事と向き合えば向き合うほど、わからなくなってきて」

「なるほどな……」

なんというか、まひるらしい悩みだと思った。

「自分のことを好きかどうか、か」

けれどそれはなんだか人ごとじゃないような気がして、その言葉を無意識に繰り返していた。

＊＊＊

「えーと、ここか?」

到着した絵画教室の倉庫。俺は昔の絵がしまわれていると思われる奥の棚を漁《あさ》っていた。

「ごめんねー」

「ちょっと待ってくれ。こっちか?」

丁寧に年代ごとに保存してあるから、きっと見つかるのも時間の問題だろう——と思っていると。

「……あった!」

早速見つかった。渋谷《しぶや》のクラゲ壁画のもとになった、まひるの出世作のイラストだ。

「懐かしいなぁ。このときが初めてだったんだよな。私がまひるに遅れをとったの」

「そうだっけ?」

言いつつも、俺とまひるはまじまじと絵を眺める。まひるはくすくすと笑って楽しそうに、絵の細かいところを指差した。

「なにこれ、デッサン崩れてる。色も変だし、自由すぎ」

「だな。けど……」

俺が言うと、まひるも頷《うなず》く。

「……いい絵、だよね」

まひるは大切なものを愛《め》でるようにそれを眺める。新しい仕事に挑戦して、きちんと壁にぶつかって、それを乗り越えるために、こうして誰かに頼って行動して。

JELEE《ジエリー》に俺が入った頃からそうだったんだけど、もうこいつはくっつき虫なんかじゃなくて、自分の好きなもののためにあがく、大人になったんだな。嬉《うれ》しいけど、少し寂しかった。

と、そこで同じ棚の絵をめくっていたまひるが、声をあげる。

「あれ？　これって……」

まひるが取り出したのは、俺にとってすごく見覚えのある絵——というよりも。

「お、この辺は私の描いた絵だな。懐かしい」

「やっぱり上手《うま》いね……って、三年生の時の!?」

そこには『三年三組　渡瀬《わたせ》キウイ』という文字が書かれていて、鉛筆で静物をデッサンしている俺のイラストは、明らかに小学三年生にしては完成度が高かった。

「すご……。小三が描く絵じゃないよね、めっちゃ丁寧」

「まあな」

だけど、思う。

それでもいま、絵を続けているのはまひるなのだ。

「……けどこんなの、ホントはどうってことないんだよ」

おどけつつも、俺の言葉には少し自嘲《じちょう》的なニュアンスが混じる。

「私って、なんでも人よりもすぐに上手《うま》くなって、なんでも最初だけ一位で、一躍ヒーローになれて。それで自分はすげーとか、そんなふうに思っちゃってさ」

どんなジャンルのこともそうだった。

絵も、勉強も、運動も、人間関係も。

きっと実際、俺は地頭ってヤツが本当によかったんだと思う。

けどそれはただ地頭がいい、というだけであって、決して人間の価値ではない。

「……けど、そこからコツコツやる奴《やつ》とか、夢中になれる奴に追い抜かされるんだよ」

まひるは、なんて言えばいいかわからない、みたいな表情で俺を見ていた。

こういうときの俺は、いつもこのやり方を選ぶ。

「……だから、追い抜かれる前にやめるんだ。負けなければ全勝だからなっ！」

「なにそれ、ずるい……」

まひるは呆《あき》れたように、ジト目で俺を見た。これで空気はおちゃらけて、俺のシリアスはなかったことになる。

「ズルこそ人生の王道なり！　……って、これ！」

俺は言いながら見つけた一枚のイラストに、思わず目がとまった。

「あ。覚えてる。私が描いたキウイちゃんの絵だ」

中心にヒーローポーズをした少女が光り輝きながら立っていて、周囲の敵たちを、反射した光で退治している。三六〇度敵に囲まれた俺が、その輝きだけですべてを焼き尽くす。

「……学校で流行ってたゲームだよな。タワーディフェンスの」

「そうそう。懐かしいなあ」

「なんというかまさに最強って感じだな」

「うん。だって、ほら」

まひるに言われて見てみると、その絵の下の部分にはタイトルが書いてあって――

「……『最強ヒーロー見参』、ってお前な」

「しょうがないじゃん、子どもの考えることだよ？」

「ったく、私のこと、どんだけ強いと思ってたんだよ」

俺が呆れながら言うと、まひるは嬉《うれ》しそうに笑う。

「そりゃ、キウイちゃんは最強だもん」

だけど俺は――そんな絵の中の俺のことを、いまは眩《まぶ》しく思っていた。

「……昔は、最強だったかもな」

＊＊＊

「よし、じゃあ帰るか！」

倉庫を出ると、俺はぐっと伸びをする。まひるは壁画の原案になったイラストと、『最強ヒーロー見参』のイラストを絵画用バッグに入れて持ち帰っていた。

「あ、待って私さ――」

「うん？」

「キウイちゃんの絵のモデルのゲームがあったゲームセンターも、行ってみようと思ってて」

「あー……」

と、俺が言葉を濁したそのとき。

倉庫近くの道に、高校の制服を着た団体が歩いているのが見えた。俺はびくっとして、思わず身を縮めてしまった。

「……知り合い？」

「いや、まったく知らない」

するとまひるは、きょとんと俺を見た。

「えーっと……？」

「あー……」

まあ、わからないだろうな。この不登校の気持ちのリアリティってヤツは。

ということで俺は、しっかりとヒーローらしく、説明してやることにした。

「説明しよう！」

びしっとヒーローポーズを決めて、そのまま腕を回してそれっぽいムーブをしてやって。

「学校に行かず引きこもってる人間は、制服を着た集団を見るだけで、無条件で身が縮んでしまうのである！」

まひるは返す言葉がないのか、じっと俺を見つめていた。そういうリアクションが一番困るんだぞ。

「って、ここ笑うところだぞ〜？」

俺が悲しみつつ笑うと、まひるは少し予想外の言葉をかけてきた。

「……キウイちゃん、さ」

「うん？」

「みんなからメッセージなんて来てないって……あれ、ほんと？」

「あー……」

勘付かれてしまいましたか。

ということで俺は、そこまで必死に隠す理由もなかったから、それを見せることにした。

俺のスマホに表示されているのは、いくつもの心ないLINEたち。見ている最中にLINEが届いたら一瞬で既読になってしまう、ってパターンのヤツだけど、俺はそのすべてをブロックしているからその心配はなかった。

「濱内《はまうち》に真弓《まゆみ》……なにこれ、ひどい……」

「ま、私のこと元々好きじゃなかったんだろ。私もみんなにガッカリされたくなくて、騙《だま》してたんだ。当然の報いだって」

俺は、あっけらかんとした口調で言う。

スマホには俺が『生徒会長になって忙しい』など嘘《うそ》の理由で誘いを断っている過去のLINEが表示されている。こんなふうに何度も好意とか遊びの誘いを踏みにじっておいて、実は家でずっとソシャゲと配信に明け暮れていたんだから、それを知ったら怒りたくなるのもわかる。

俺は被害者ぶっているけれど、それだけの罪や裏切りは、むしろこっちから相手にぶつけてきたのだ。

こぼれだした思いは、少しずつ本音の色を帯びていく。

「……過去ってさ、変えられないんだよ」

竜《りゅう》ヶ崎《がさき》ノクスとは違う、弱気な渡瀬《わたせ》キウイが戻ってくる。

お前は最強じゃない、ただの不登校の引きこもり少女なんだ、そう突きつけられるような瞬間が、人生にはそこら中に転がっている。

「私は見た目も名前もぜーんぶ変えて、新しい人生を歩みはじめたのにさ」

力の強い男に欲望をぶつけられた瞬間。

引きこもりというだけで、負け犬の烙印《らくいん》を捺《お》される瞬間。

そして――そんな卑怯者《ひきょうもの》たちに、なにも言い返すことができない自分を知る瞬間。

「ちょっと身バレしただけで、……すーぐここに逆戻り」

ふはは、とヒーローのように笑いたかった俺の笑顔は、はは、と弱々しく落ちる。

「『顔』ってさ。……しんどいよな」

「……っ！」

そのとき。

「説明しようっ！」

なぜかまひるが俺の前でびしっと、ヒーローポーズをしている。

まひるはヒーローが口上を叫ぶみたいに、腕をゆっくりと回しながら、目をつぶって必死に。

「渡瀬キウイは、動画も編曲もできて、あんなすごいライブも考えてみせるJELEE《ジエリー》の万能選手であり！」

慣れない声を張り上げて、わけのわからないことを言っている。

「私の中ではいまも、燦然《さんぜん》と輝いてるヒーローなのであるっ！」

……いや、わけのわからないこと、ではないよな。

これはまひるなりの、俺への励ましの言葉だ。

「……」

「……」

「……なにそれ、だっさ」

「ひどい!?」

相変わらずの良いリアクションっぷりに、俺はくすっと笑う。

そして、ありがとな、なんてことをぼそりとつぶやいた。

なんか俺は人に直接感謝を伝えるってことがなかなかできなくて、いつも独り言っぽくなってしまっている気がする。……いつかでいいから、直接伝えよう。そんなことを思った。

「よし！　それじゃあゲーセンいくか！」

「え、けど――」

「大丈夫」

それは無理をしているとか、意地を張っているとか、そういうことではない。

「……逃げたくないんだ」

私はキウイちゃんと一緒に、大宮《おおみや》のゲームセンターにやってきた。

たぶん単純に新しいゲームが増えたそこは、あのころの記憶よりも全体的に小綺麗《こぎれい》というか、記憶と同じような違うような、不思議な感覚で。

私は持ち帰ってきた絵のモデルになったゲームが残っていないかな、なんて気持ちでキョロキョロと屋内を見渡す。行きしなに調べたところによると、あのころ流行っていたタワーディフェンスのゲーム『ディメンタータワー2』は最新作『ディメンタータワー4』としてしっかりと続いているらしく、であるならここに同じものがある可能性も高そうだ。

あの頃の私は、自分の絵が間違いなく、好きだった。思い出に触れて、その感覚を思い出すことができるだろうか。

「……ここ、地元のみんなで休みによく来てた……よ、ね？」

私が話しかけると、キウイちゃんはフードを深く被《かぶ》り、やや冷や汗をかいた様子で俯《うつむ》いていた。

「……大丈夫？」

すごく居づらそうに、辺りをそわそわと見渡して。

けど、考えてみれば無理もないと思う。さっきキウイちゃんは、制服の団体を見るだけで、無条件で身が縮んでしまう、と言っていたのだ。

いまこの場所は、制服を着た団体や若者の集団がところせましと店内を埋め尽くしている。

「……ごめん」

キウイちゃんは、息も絶え絶え、といった感じで言う。

「カッコつけて着いてくとか言ったけど、さすがに居心地わりぃわ」

「うん。どうする、出る？」

私が心配しながら言うと、

「……ちょっと、トイレ行ってくる。まひるは、好きにしててくれ」

「……わかった」

そして、そそくさとトイレに行ってしまった。

やっぱり、強引に断ってでも、キウイちゃんをここに連れてくるべきではなかっただろうか。なんてことを考えながら、しばらくゲームセンター内をうろついていると。

「あ……！」

そこに、見覚えのあるキャラクターが、現代風にアレンジされたようなイラストを見つけた。

「……懐かしいな」

やっぱり、来てみてよかった。そこにあったのはディメンタータワー4だ。

たぶんこのゲーム自体はどこに行っても同じものなんだろうけど、記憶が蘇《よみがえ》ってくる。ここは、あのころこのゲームの『2』が置いてあった場所だ。

「あー……ここにこう座って……」

このゲームが流行っていて、やっぱりキウイちゃんが一番上手《うま》くて。私たち女子は見ているばかりだったけど、ゲーム好きの男子たちはそんなキウイちゃんに憧《あこが》れを抱いていて。性別も関係ない、本当のヒーローだったあのころ。

私は絵画用バッグからさっき持ち帰った、『最強ヒーロー見参』の絵を取り出すと、なんとなく並べて眺めた。

――と、そのとき。

「あれ？　まひるー!?」

声に振り返る。私は持っていた画を裏返して絵画用バッグとまとめて持って、見えないようにする。

そこにいたのは、小学校のころの同級生の真弓《まゆみ》と濱内《はまうち》だった。

「え、真弓に……濱内？」

「俺もいるよ～」

敵意がなさそうなゲンキが後ろから出てくる。真弓は小学校のころキウイちゃんと別グループで目立っていた女の子で、正直キウイちゃんとは折り合いが悪かったと思う。濱内は誰とでも上手くやれるタイプの男子だったけど、なんというか人を小馬鹿《こばか》にするところがあるから、いまのキウイちゃんは格好の的になるだろう。そして二人とも――さっきキウイちゃんに見せてもらったLINEのなかにいた。

「どうしたの、一人？」

一人であることを少し恥ずかしいことであるようなニュアンスを込めて、真弓《まゆみ》が言う。

「う、うん。みんなはなんで？」

私が少し圧《お》されながら答えると、濱内《はまうち》がややいじるように。

「や、なんでっていうか、普通に地元だし、休日だし」

「あはは……だよね」

人数に違いがあるというのもあるけれど、どうにも分が悪い空気が早速流れはじめて、私はすごく嫌な感じがしていた。

「ていうかまひる！　見たよ！　JELEE《ジェリー》！」

ゲンキがさらっと言う。

「あー、ありがと……」

「すごいよねぇ。私クラスでめっちゃ自慢してるもん」

真弓が言うけれど、私の意識はトイレの方向。もしかしたら戻ってきてしまうかもしれないキウイちゃんに向けられていた。

トイレに来たけれど、もちろんなにかを催していたわけではない。俺はただ逃げただけだった。

個室に入って、そのまま便座に座る。はあと大きくため息をつくと、こうして一人になれる場所にいると落ち着いてしまう自分の弱さが、心底情けなかった。便所飯みたいな昔のネットミームをゲラゲラ笑って見ていたこともあったけど、きっと俺が高校に通っていたらそうなっていたのかもしれないなって思って、ネット民をバカにしていた自分が恥ずかしくなる。

そのとき、俺のスマホが鳴った。

メッセージを見るとまひるからのもので、そこには『濱内と真弓たちがいた』『ここで解散にしよ』という文面が届いていた。

「……っ」

本当に、最悪だ。

誰かと鉢合わせる可能性が高いところに自分で着いていって、いざエンカウントしそうになったら縮こまって。俺は一体なにをやっているんだ。

俺は個室から出る。鏡の前で、自分の髪の毛を触る。

自分で選んだ色を隠すみたいに黒いウィッグを被《かぶ》って、『普通』に敗北した記憶が蘇《よみがえ》った。

――『パンクバンドみたいに、さ!』

「っ!」

そう言ったのに結局ただの同級生に文句一つ言えなかった自分。今度こそはと思う。

けれど俺は気付くと――フードを深く被《かぶ》ってしまっていた。

＊＊＊

トイレから出ると、店の奥のところでまひるが三人に絡まれているのが目に入った。真弓《まゆみ》と濱内《はまうち》と、恐らくもう一人はゲンキだろう。

俺はまた、唇を噛《か》む。LINEで俺に心ないメッセージを送ってきた真弓と濱内。なにか言い返してやりたい。けれど俺はそのことよりも、顔バレから俺がピンク色の髪の毛をしていることを知っているだろうあいつらに、この距離からフードの隙間《すきま》のピンク髪が見えていないだろうかとか、そんなことばかりに思考が働いた。

数年間引きこもっているあいだに付いてしまった、俺の逃げ癖だ。

「ってかJELEE《ジエリー》ってさ、渡瀬《わたせ》も一緒なんだよね!?」

「っ」

俺の名前が聞こえた。けど無理もない。まひるだって顔バレしてて、じゃあ話題はJELEEのことになるのは当然だし、それならいずれ、俺の話にも行き着く。

「あー、渡瀬ってあの嘘《うそ》つきな」

「そんな言い方――」

濱内が言って、まひるが言葉を返す。

けれどそこへ真弓が、さらに言葉を上にかぶせた。

「でも……事実じゃん？　不登校になったんでしょ？」

「昔はみんなのリーダーって感じだったのに、人って変わるよな～」

ゲンキが言う。きっと性格的に、その言葉には悪意があったわけではないのだろう。

でも、だからこそ俺は本音から失望されてるんだなとわかってしまって、心が痛んだ。

「っ」

自分のなかの闘争心が、しぼんでいくのを感じる。

いや、もしかしたら最初から、なかったのかもしれない。

本当は言い返したい、言い返すつもりだけど前に踏み出せないだけだってポーズを取って、次こそは次こそはって言い訳を重ねることで自分を納得させる。

そうしてなにもしないまま戦った気持ちにだけなって、俺は日々を過ごしてきたんだ。

今日の俺も、同じだった。

まひるたちのところへは行けず、出口へと歩いていってしまう。

中学生時代、孤独に下校する自分が、いまの自分に重なる。

結局俺はあの日からなにも成長していなくて。

結局俺は、あの日からずっと、弱いままなのだ。


「――キウイちゃんは、いまでもカッコいいよ！」

まひるの、荒らげた声が聞こえた。


三人の呆《あき》れたような視線が、まひるに集まる。

「あー、そういえばまひるって、渡瀬《わたせ》のくっつき虫だったっけ」

真弓《まゆみ》が嘲《あざけ》るように言うのが聞こえた。

「光月《こうづき》さあ。せっかく有名になったんだし、そういうのそろそろ卒業すれば？」

濱内《はまうち》が諭すように言う。けれどその本意はまひるにマウントを取ることだって、捻《ひね》くれた俺にはすぐにわかった。

「卒業とか、そういうのじゃ……」

もともと言い争いなんて得意じゃないまひるが、あの二人相手に勝てるはずがない。圧《お》されているまひるの声はしぼんでいく。

そのとき。

まひるたちの近くにあるゲーム筐体《きょうたい》で、あの頃俺が最強だったゲームのヒーローが輝きながら敵を倒しまくって、無双している姿が目に入った。

「っ！」

あの頃は最強で、なんでもできて。

まるでこのゲームの主人公みたいに、雑魚を倒しまくって。

だけどいまの俺にはそんなこともうできないんだと思っていた。思わされていた。

だけど。


――『そりゃ、キウイちゃんは最強だもん』

俺を最強のヒーローに描いてくれたまひるが、まだ俺を信じてくれていた。

そうか、そうだよな。

俺はまひるが絵画用バッグと一緒に抱える、俺が描かれたイラストを見つめる。

襲いかかる敵をなぎ倒して、輝いて、無双している俺の姿。

俺の頭のなかで、その絵画のなかの俺と、ゲーム筐体《きようたい》のヒーローと、そして自分とが、重なっていった。

出口から外に行きかけた俺の足が、逆の方向へ歩き出す。

――『私の中ではいまも、燦然《さんぜん》と輝いてるヒーローなのであるっ！』

まひるが信じてくれているなら、俺はやっぱりまだ、ヒーローでいなくちゃいけないよな。

怖くないと言えば嘘《うそ》になる。けれど、ぐんぐんと体が突き進む。

俺の体はもう、真弓《まゆみ》たちの前にいた。

「……よう」

震えた声を出しながら、俺はフードをとる。

「え。もしかして渡瀬《わたせ》？」

濱内《はまうち》が俺を見定めるように言う。

「えー、てかなんかイメージ変わった！」

言いながら俺の身体をじろじろと見るのはゲンキだ。

しかし。イライラした様子の真弓は、ゲンキを小突いて。

「てかさ。……渡瀬、なんでブロックしたの？」

「っ！」

そのことを言われると、反論はしづらかった。

「こっちは友達のつもりなのに、ひどくない？」

「……友達に送るようなメッセージじゃ……ねえだろが」

「え？　声ちいさ」

真弓の自信に満ちあふれた声に合わせて、濱内もゲンキも笑った。

「みんな、ちょっと……」

まひるが制止してくれるけれど、そんなことになっているのが、本当に情けなかった。

「てかあれなんだっけ！　……竜ヶ崎《りゅうがさき》？」

「ノクスっ」

濱内の言葉に、真弓が返事をする。

「でもあれって、男キャラだったよな？」

「あ。もしかして渡瀬って、ホントは男になりたい、みたいなぁ？」

濱内の言葉に内面を抉《えぐ》るような真弓の悪意が重なって、俺は歯ぎしりする。

「……別に、そういう……」

小さくなってしまう俺の声を、ゲンキのうるさい声が上書きした。

「あ〜！　多様性みたいな？　最近流行ってるもんな！」

そして結局縮こまってしまった俺を踏み潰《つぶ》すように、真弓《まゆみ》が俺を嘲《あざけ》った。

「――そんな変なことやめてさ。もっと普通に生きれば良いのにね」


変。

普通。


本当に、うんざりだった。


普通を押しつけてくる世界も、普通に負ける自分も。

本当に心の底から、腹が立った。


スベった自己紹介、孤独だった下校路、引きこもりの毎日、制服に縮こまる自分。

俺のなかのかっこ悪い部分が、敗北の記憶が、頭のなかをぐちゃぐちゃにかき乱す。

男だとか女だとか。学生だとかニートだとか。

リアルだとかネットだとか、成功だとか失敗だとか。

——正常だとか、異常だとか。

そんなもの全部全部ぶっ壊して、俺は俺になりたかった。

俺は、かっこいい自分になりたかっただけなんだ。

「……ってんだろーがッ」

「え？」

嘲るようなトーンで言う真弓に、俺は。

「私はなんにも!!」

喉《のど》が張り裂けるくらいの大声を、ぶつけていた。

「変わってないって!!」

きっとこれは俺の——三年分の思いだ。

「言ってんだろ————————が！！！」

俺の大声に、ゲームセンターの周りの客の視線も集まる。でも関係あるもんか、こんなの俺の配信の同時接続数に比べたら十分の一以下だ。

「普通のやつにはな！　わかんないんだよ！」

ずっと叫びたかった。

世界にこのことを、思いっきりぶちまけたかった。

「好きなものを好きって言うだけで変だとかバカにされて！　勝手に体が成長して、自分の好きな服を着たらサブカルだとかバンギャだとか言われて、変な目で見られて……そーいうやつの気持ちが！」

だけど俺はこれまで、怖くて叫ぶことができなかった。

自分の弱さを認めることが、できなかった。

「いきなりなに、知らないんだけど――」

「けど私は!!」

真弓《まゆみ》の声を遮る。

「世界に負けて学校に行けなくなった、自分のことが大ッッ嫌いで！」

こんなこと、言いたくなかった。

けどこれこそが、これだけが。俺の本当の気持ちだった。

「もう一回渡瀬《わたせ》キウイのことを好きになりたいのに、ずっとずっと、好きになれなくて！」

自分が大嫌いで。

だけど自分を好きになりたくて。

なのにやっぱり、弱い自分を好きになれなくて。

「だから、私は!!」

それでも自分自身をあきらめきれなかった弱者の、最後の足掻《あが》きだった。

「見た目も、声も！」

――俺は、かっこいいヒーローになりたかった。

「体型も、性格も、居場所も、エピソードも!!」

――背が高くて、力が強くて。

――人を助けては名前も言わずに立ち去る、そんな理想のヒーローに。

「全部全部、自分を好きになれるように、自分だけで作ったんだよ！」

世界に負けて理想の自分を失った俺は、嘘《うそ》だけが最後の希望だった。

だから俺は嘘に全力を尽くして、最強のヒーローを作り上げた。

だってそれが。ただ、それだけが。

俺の、なりたい自分だったから。

「だから俺を否定するな！

俺が作った、大好きな自分のことを、誰にも否定させるもんか！」

千切れそうになる喉《のど》を、無理やり駆動させた。

言いたいことを全部、世界に向かって思いっきり、ぶちまけたかったから。

「俺は天下無双の最強VTuber、竜《りゅう》ヶ崎《がさき》ノクス!!」

そして俺は、本当に中二病丸出しの、あり得ないほどに子どもっぽい――

だけど最高にかっこいい、ヒーローポーズとともに。

「最強ヒーロー!!　見ッッ参！！！」

まひるが描いてくれた俺の絵のタイトルと同じフレーズを、高らかに叫んだ。

＊＊＊

俺はまひると一緒に、湘南新宿《しょうなんしんじゅく》ラインに乗っている。

「いやー、たぶん死ぬほど噂《うわさ》されるんだろうな」

二人で並んで座りながら、俺ははあとため息をついた。

「そうだね。もう今後、みんなとは会わないほうがいいかも」

「おい」

からかうように言うまひるにツッコミを入れると、俺たちは二人で笑い合う。

「……けど、かっこよかったよ」

そんなふうに言ってくれるまひるに照れながらも、俺は眉《まゆ》をひそめた。

「そうか？　本音過ぎて、クソダサかったと思うけど」

するとまひるは、俺を肯定するみたいにくすっと笑う。

「なーに言ってんの」

「え？」

「キウイちゃんは、そこがいいんじゃん」

なんだか俺を理解してくれてるみたいな言葉に、俺もくすっと笑ってしまった。

「ま、そーかもな」

そして俺は、窓の外を眺めて大宮《おおみや》の街を見つめながら。

本当にそれとお別れするみたいに――キザにつぶやいた。

「グッバイ、世界」

わたしはロフトの上で、めいと会議をしていた。

渡したノートパソコンには、わたしがすべて書き直した新曲の歌詞が表示されている。

めいはそれをすべて読み終えたのか、ふっと息を吐いた。

「……どう、かな?」

わたしが尋ねると、めいはただごとじゃない表情で、

「ののたん……この歌詞……」

きっと、サンドーの事情に詳しいめいは、それを察したのだろう。

というよりもきっと、わたしがストレートすぎるほどに、それを書いたのだ。

「決まったよ。誰に向けて歌いたいのか」

私は自分の部屋で、タブレットに表示された絵と向き合っている。その裏で私はキウイちゃんの配信を流していて、元気のいいスーパーヒーローの声が、私の筆を後押ししてくれる。

『指示厨乙《ちゅう》！　俺は俺のやり方でプレイするんだよ！』


久々に活き活きとした様子で配信しているキウイちゃんは、自分の美学を言葉に乗せている。

それはやっぱり私が大好きな、かっこいいキウイちゃんで。

それはなんだか、私が絵を向き合うための姿勢を、示してくれているように感じた。

私は私の好きな絵を描くために、ぐいぐいと、筆を進めていく。

誰かに言われた絵じゃなくて、私は私が描きたいイラストで、雪音《ゆきね》さんと向き合いたい。

目に焼き付けた力強い姿を描線に変えて、私は新しいデザインを描いていった。

——と、そのとき。

タブレットの上に、新しいメッセージの通知が届いた。

それはめいちゃんから届いた、JELEE《ジエリー》の活動に関する知らせで。

『――ののたんの新しい歌詞が、完成しました！』

私は添付されたファイルを開き、その歌詞を読んで、驚くのだった。

＊＊＊

数日後。早川《はやかわ》プロダクション。

またも応接室に通された私は、もうここの雰囲気に萎縮《いしゅく》していなかった。

目の前には雪音《ゆきね》さんが、私を試すみたいないつもの目で、こちらを見ている。

「ちゃんと直せた？」

その言葉の意味はきっとこうだろう。

『私が準備した赤線を、ちゃんとそのままなぞれたか』。

私はじっと、雪音さんに視線を返す。

「私の幼馴染《おさななじみ》に、世界一カッコいい女の子と――男の子が、いるんですけど」

自信満々に、語りはじめた。

きっとよくわからない話の入りだったはずなのに、雪音さんはじっと黙って、私の話を聞いている。

「その子は自分でなりたい自分を作って、そんな自分を誇って、自分が好きだって言い切って」

その姿は不条理な世界と戦うヒーローであり――不器用な一人の人間だった。

「私はそんなところが、大好きなんです」

雪音さんは、憮然《ぶぜん》と、けれど私から決して目を逸《そ》らさずに聞いている。

「私も、そうなりたいんです」

私は一つの絵を提出しながら、宣言する。


「これが、私の絵です」


突きつけたその絵は、私がアンチコメントと向き合って、デッサンの教室に通いはじめて学んだ技術と、昔の自分が描いていた自由でキラキラ輝いた発想の両方を取り入れようと苦心した、会心の一枚だ。

私は雪音さんからもらった赤字を無視するどころか、そもそも絵をすべて一から描き直したものを提出している。

正直やっていることはむちゃくちゃだろう。けれど私は、挑戦してみたかった。

「これが、私が好きな、私の絵です」

絵の左下に『光月《こうづき》まひる／海月《うみつき》ヨル』とサインとしてあるこのイラストはきっと、私の最高傑作だ。私は、雪音《ゆきね》さんの言葉を待つ。

「……オーダーとはまったく違うし、口の利き方からまず、まったくなってない」

「っ！」

雪音さんは、眉《まゆ》をひそめる。そして、その絵を突き返して。

こんなことを言った。

「……けど、たしかにこれは、私が好きな、あなたの絵よ」

私はその言葉の意味を理解し、嬉《うれ》しくなりつつも、なんか舐《な》められたくなかったので、頬《ほお》が緩みそうになるのをぐっと堪《こら》えた。

「お疲れさま。必ず最高のショーにするわ」

そして雪音さんはにっと、子どもっぽく笑って。

「――ワクワクするわね」

私はその意外な表情に驚くとともに、どこか既視感を覚えていた。

……それはきっと言うまでもない。

夢を子どもっぽく語って、行く道を示してくれて。

そんなことをしてくれたあの女の子と雪音さんは、親子なのだから。

「待ってください」

私はいまから、とんでもないことを言おうとしている。

「なにかしら？」

だけど、ただ勢いでそれを言い出したわけではない。

そうしなければならない、理由があると思ったのだ。

「一つ、交渉したいことがあります」

私が思い出していたのは、めいちゃんから送られてきた、新曲の新しい歌詞だ。

「今回の渋谷《しぶや》のライブに――JELEE《ジェリー》も一緒に、出してもらえませんか？」

あの曲を、あの歌詞を伝えるべき相手は。

きっといま、私の目の前にいる。

12 JELEE

早川《はやかわ》プロダクションの一室。

「JELEE《ジエリー》がこのイベントに出て、サンドーにどんなメリットが？」

このタイミングでJELEEをサンドーと共演させてほしいなどという私の無茶な交渉に対して、当然と言うべきか、雪音《ゆきね》さんは厳しい言葉を返す。

強い視線に一瞬気圧《けお》されるけど、私はなんのプランもなく提案をしたわけではなかった。

「……これを見てください」

私がスマートフォンに表示したのは、TikTokのとある動画。

幻となったJELEEの解散配信での、めいちゃんの叫びと渾身《こんしん》の歌声が切り抜かれた動画だ。

私が前に見たときは一〇〇万か二〇〇万くらいだった再生数。それがいまや三〇〇万まで達している。

「この切り抜きだけで三〇〇万再生。……コメントは、この未完成曲の完全版を求める声で溢《あふ》れてます」

「……そういうこと」

雪音さんはそれだけで、私の言いたいことを察したみたいだった。

「それに、こっちも」

私はスマホを操作して、この音源から作られた派生動画のページに飛ぶ。再現して歌ってみた動画、手描きのイラストをつけて紙芝居っぽくした動画、めいちゃんの歌をＥＤＭっぽくノリノリにリミックスした動画など、いろいろな形で二次創作されていて、『1.2M』『816.9k』『1.5M』などすごい数字が並ぶ。……ＥＤＭにリミックスされた動画とかはちょっと行儀が悪いから、めいちゃんには見せられないな。

「たしかに切り抜きや派生動画も合わせると……ここ数日では、日本一再生された配信と言っていいかもしれないわね」

「……だとしたら。──この曲の完成版が初披露されるイベントって、すごく、引きがあると思いませんか？」

「……なるほど、ね」

雪音さんは、じっと私を見据える。

「高校生が考えたにしては立派なプレゼンね。勢いもあって、数字の保証もある。元サンドーという物語があることも考えると、話題性という点だけで言えば十分すぎるくらいね」

一部を強調して言う雪音《ゆきね》さんに、私は「だったら……！」と食い下がる。

「けどね、海月《うみつき》先生。あなたは大事なことをわかってない」

雪音さんは、私を視線で射貫《いぬ》いた。


「──そこに、美学はある？」


私はその言葉の意味を、すぐには理解できなかった。

「大衆も馬鹿《ばか》じゃないわ。ただ話題を集めたいがための企画なら、いずれその悪臭を嗅《か》ぎつけられる。バズと炎上を分かつのは結局──その奥に美学があるかどうかに尽きるの」

それはたしかに、言われてみたら私もわかる気がした。

「答えられる？　──あなたはどうして、この共演にこだわるのか。数字以上の、なにを実現したいのか」

ゆっくりと投げかけられた問いに、私は考え込んでしまう。

「私の……したいこと」

わたしが新曲を完成させるため、めいとキウイと一緒にわたしのうちで作業をしていたとき。

「花音《かの》！　……これ」

不意にキウイがわたしにスマホの画面を見せてきた。そこに表示されていたのは、JELEE《ジェリー》が仕事用に公開しているGmailの受信ボックスだった。

「な、なに？」

「メールが……早川《はやかわ》プロダクションから！」

「え……」

驚いて、わたしの視線が画面に吸い込まれる。

「年末のサンフラワードールズのイベントに出ないか、って」

「……っ」

そこには久々に直視したような気がする『早川雪音』という文字と、依頼文らしき長文が綴《つづ》られていて。わたしはその内容を読む気分にまではなれなかったから目を滑らせたけれど、そこにはきっとキウイの言うとおり、JELEEを招く文面が書かれているのだろう。

わたしを捨てておいて、いまさら。一体あの人は、なにを考えているんだろう。

「詳しくは……なんて？」

「まひるの希望……みたいだな」

「……まひるの？」

その言葉はわたしをさらに混乱させたけれど、そこにはきっと、意味があるような気がした。

「どうする……？　断りたいなら断っても……」

「ののたん……」

あの人じゃなくてまひるの希望だったんだとしても、やっぱり二人が、まひるが、なにを考えているかはわからない。二人が画策してなにかよからぬことを考えている、みたいな絶対にあるわけのない想像が頭をよぎったりもして、わたしはほんとうにどこまで後ろ向きなんだ。

「ねえ。……これ、ちゃんと見せて」

「お、おう」

キウイからスマホを受け取って、その文面と添付されている企画書のＰＤＦを読み込んだ。

「宮下《みやした》パーク……屋外ライブ……」

あの人が考えた企画。まひるが受けたライブ。

わたしはいままでその詳細から目を背けてきたけれど――こうして向き合ってみると、なんとなく、二人がやろうとしていることがわかったような気がした。

きっとあの人は相も変わらず、東京ドームなんて夢を追いかけていて。

そして、まひるはもしかすると――。

「……ねえ、キウイ」

そこまで理解すると、わたしのなかには一つ、実現したいアイデアが浮かんでいた。

わたしには一つだけ、どうしても守りたいものがあることを思い出したのだ。

「私の……したいこと」
雪音《ゆきね》さんの言葉を繰り返しながら、私は思い出していた。
花音《かの》ちゃんとの出会い。JELEE《ジェリー》と過ごした日常。すれ違ってしまった言葉。
花音ちゃんがきっと、私もよく知る誰かのために書いた、新曲の歌詞。
そして、青一面の景色のなかで交わした、無謀で大胆な、尊い約束だ。
やがて、私は答えに辿《たど》り着く。
自分の無意識のなかにずっとあった、子供っぽい企《たくら》み。
話題性とは別の美学。私が考える、このイベントじゃなきゃだめな理由。
どうして私は、このイベントでのJELEEの共演を実現させたいのか——

「……雪音《ゆきね》さん。これは最近気がついたことなんですけど」

そう。これは本当に、最近のこと。

具体的に言えば——今年の五月ごろに、お台場の海で気がついたことだ。

「私って意外と——恩は返したいタイプ、なんです」

「……ねえ、キウイ」

守りたいものを思い出したわたしは、スマホをキウイに返す。わたしは決意して、キウイに頷《うなず》いていた。

まひるもこの企画をあの人に提案した瞬間、同じ気持ちでいたのかな。

……そうだったらいいな。わたしはそんなことを勝手に、思っていた。

「私――この話、受けたい」


　数日後。

　私は早川《はやかわ》プロダクションの会議室の一角を借りて、作業に没頭していた。

　JELEE《ジェリー》も出演できることになったサンフラワードールズのバーチャルライブ。けれどもちろん私が突然提案したことだから、JELEEのほうのライブ演出はまだ、なにも完成していない。

「本当に、間に合うのね？」

「……はい」

　とはいえ、じゃあ演出を一から考えなくてはいけなかったのか、と言われればそうではない。こうしてねじ込むような形で決まったライブだったから、まったく新しい演出を考えるのはさすがに不可能だったけれど、サンドーのライブで使われるプロジェクションマッピングのひな形に新しい素材をはめ込む形でライブが行えることになったのだ。

　そしてそれこそが――私のしたいことだった。

「必ず、間に合わせます」

　作業している私に話しかけてきた雪音さんに、私は頷きを返す。

その素材は、無理を通した私が責任を持って、一人ですべて描くことになった。

「このイベントはコンセプトや空気感を統一したいから、JELEE《ジエリー》のライブにも、サンドーと同じ演出をする。それがどういう意味か、わかってるわね?」

「……はい」

サンドーのライブでは『快晴の空』をテーマに太陽や飛行船、向日葵《ひまわり》などのイラストを何十枚も描いて、それが3D化したサンドーとともに、宮下《みやした》パークに投影されることになっている。

それをJELEE用に別のテーマで描き直す、ということは。

「私の作業が、単純計算で二倍になる、ってことですよね」

——もちろん締め切りは、そのままだ。

雪音《ゆきね》さんは頷《うなず》くと、釘《くぎ》を刺すように言う。

「もし間に合わなそうになっても代わりは立てられない。そうなったら、JELEEのライブはなくなると思っておいて」

そう。それがJELEEが共演するにあたって、雪音さんから出された条件だ。

「必ず、間に合わせます」

「……わかってるなら、いいわ」

それだけ言いきると、雪音さんは会議室を出ていった。

「……よし」

そして私は頬《ほお》をぺちん、と叩《たた》いて気合いを入れ直すと、ひたすらにイラストを描いていった。


あの人とまひるからの依頼に了承の返事をしてもらってから、何日ほど経っただろうか。

きっとわたしはまだ、自分の心を整理できていない。


「……きが舞う　あの海へ――」


部屋のロフトの上にセットしてあるマイクの前で歌ってみるけれど、思うように声が出なかった。この曲を、誰に向けて歌いたいのか。どうしてわたしは、このライブに出るのか。それは自分なりに、決めたつもりだった。

けれど、いまだにわからないこと。

最初はあの人にもらって、その次はまひるにもらった、大切なもの。

つまり――わたしにとっての『歌う理由』。

だけど、今のわたしはきっと、それをまだ見つけられていなかった。

「……きっと、ダメなんだよね」

うすうすは気付いていたんだと思う。あの人の夢のために歌うことも、わたしの歌を大好きだって言ってくれたまひるのために歌うことも、ほんとうの意味では自分にとって大切なものを見つけられたことにはならなくて。

だとしたらきっとわたしはいつか、自分の力で、それを掴《つか》まないといけない。

「……」

息を吸って吐く。なんとかライブまでに、間に合わせないといけない。

わたしがわたしで誇れる歌を、ぶつけたい人にぶつけるために。

「散らかった部屋と　ピカピカの――」

わたしを私にするための歌を、届けたい人に、届けるために。

サンドーとのコラボライブ当日。

「ってなわけで、今日の夜は待ちに待った渋谷《しぶや》・宮下《みやした》パークでのサンドーコラボバーチャルライブ！　お前らちゃんと、行く準備はできてるか～？」

俺はJELEE《ジエリー》のチャンネルで竜ヶ崎《りゆうがさき》ノクスとして、ライブの告知ソロ配信をしている。JELEEのライブだというのに大して準備に参加できていないから、せめてもの恩返しだ。

『もちろん！』『ちゃんとあれ、準備したぞ』『ハロウィンのリベンジだな』

ずらっと並ぶコメントに俺はにやりと笑った。

「いいね！　今回も、みんなで作るライブにしたいと思ってるからさ」

俺が準備したことといえば、事前生配信で呼びかけたファンを巻き込んだとある計画と、早川雪音《はやかわゆきね》から届いた無茶な依頼をこなしたことくらいだ。って並べるとそこそこ仕事してる気がしてきたけど、どっちも俺がこれまでこなしてきたことの延長線上だった。

あとはそれを、花音《かの》の歌とともに披露するだけだ。

「えーと……『炎上商法だって、結構荒れてるよな』。あー、その噂《うわさ》？」

ちらりとネットニュースを見てみると、『サンフラワードールズ初バーチャルライブに、元メンバー率いる匿名アーティスト、JELEE出演。早川氏の筋書きか』なんてタイトルのニュースが出回っていて、俺は思わず苦笑した。

ったく、それじゃあここはヒーローとして檄《げき》を飛ばしてやらないといけないな。

「そーいう声も全部ぶっ飛ばすのが、最強VTuber竜ヶ崎ノクス……いや——JELEEだろ!?」

そして俺はLive2Dでも捉《とら》えられるくらいにバッチリと、決めポーズをした。

「それじゃあ、グッバイ世界！」

『それじゃあ、グッバイ世界！』

私はイヤホンでキウイさんの配信を聞きながら、渋谷《しぶや》の街を歩いていました。やがて到着したのは、宮下《みやした》パークに作られた特設ステージ近くにあるののたんとキウイさんとの待ち合わせ場所です。

ステージはチケットを買った人だけが入れる前列のスペースと、通行人含めて遠くから誰でもライブを見ることができるフリースペースに分かれていて、数百人は入るでしょうか。まだライブ開始までは三時間以上あるのに、最前列を維持するためか、有料のスペースにはもうまばらに人がいます。あれはサンドーとJELEE《ジエリー》どっちのTOなんでしょう。

「……あ」

不意に、青い傘を持った女子高生が駅前のポールに座っているのが目に入ります。不躾《ぶしつけ》かな、と思いながらも少しだけ気になって覗《のぞ》いてみると、彼女たちはスマホの画面でJELEEのMVを見てくれていて、嬉《うれ》しくなってしまいます。きっとあの子は、このあとライブに来てくれる子なのでしょう。

『JELEEちゃんが来てくれることになりました〜！』

声にはっと視線を上げると、渋谷TSUTAYAのビジョンに今日のライブの宣伝映像が流れていました。話しているのはメロちゃんで、その背景にはJELEEちゃんのイラストがデカデカと表示されています。こんな都会のど真ん中に宣伝映像を流してしまうなんて、さすがは早《はや》川《かわ》雪《ゆき》音《ね》お母さまです、と思いながらも、私は少し複雑な気持ちになっていました。

だってこれは少し形は変わってしまったけれど、ののたんとメロちゃんの再共演です。

「……」

映像は十数秒で終わってしまったけれど、私にとっては三年ぶり以上の衝撃映像に胸をドキドキさせながら、私はこれからのことについて思いを馳《は》せます。

だっていまから三時間もしたら、同時に上がるわけではないとはいえ——メロちゃんとののたんが、同じステージで、歌うのですから。

なんてことを考えていると、私のスマホが珍しく、通知で震えました。

そこには、私の後輩からの、こんなメッセージが表示されています。

『めいお姉ちゃん！　ライブの準備できたから今から向かうね！　すっごく楽しみ！』

「よーっし、これでオッケー☆」

わたしはお母さんがおきらくな調子で言っているのを見ながら、ほんとかな、って心配していました。お母さんはそそっかしいから、きっとなにかわすれものをしているにちがいありません。

わたしたちは今日のためにお母さんが作ってくれた青いフリフリのいしょうをきて、おそろいでライブのじゅんびをしています。

「お母さん！　サイリウム！」

「あ、そうだったわね！　えーっと、はい、青」

「ありがとう！」

あいかわらずなお母さんにわたしは苦笑いしながらも、わくわくした気持ちをつたえるために、めいお姉ちゃんにLINEを送りました。

『めいお姉ちゃん！　ライブの準備できたから今から向かうね！　すっごく楽しみ！』

そうしてもう家を出て行ってしまったお母さんに、あわててついていきます。

と、そこでわたしは一つ気がついたことがありました。

「ちょっとお母さーん！　これ忘れてる！」

そしてわたしはげんかんにおいてあるものを二本つかむと、あらためてお母さんについていきました。

「……おまたせ」

宮下《みやした》パークの近くまでやってくると、どうやら先に着いていたらしいキウイとめいに合流して、裏から会場に向かう。

「ついに……本番だな」

キウイが言う。その視線はわたしに向けられていて、まあいろいろと心配してくれてるんだと思う。

事実、わたしはまだあれから、一度も満足のいく歌を歌えていない。

今回のライブでわたしが歌うのは、一曲だけだ。めいに言われて歌詞をすべて書き替えて、誰に向けて歌いたいのかをハッキリさせた、JELEE《ジエリー》の最新曲。キウイと一緒に、仮想ライブのときにできなかったあの演出を準備したけれど、そもそもわたしが満足に歌えなかったら、元も子もない。

「……大丈夫ですか？」

めいもわたしの状態を知っているから、ストレートに心配の言葉をくれた。

「……んー。それは」

大丈夫大丈夫、って笑い飛ばせたらよかったんだけど、そんな余裕はわたしにはないみたいだった。

「なんとかしたいね……、気合いでっ！」

明らかに自信なさげな言葉は、二人の表情を余計曇らせる。

「まひるさんのことですか？　……それとも、歌えるかどうか、ですか？」

「……どっち、だろうね」

めいの言葉に、わたしは言葉を詰まらせた。

「それとも、母親のことか？」

キウイがやや踏み込むように言う。

「……」

わたしはその質問に、黙り込んでしまう。

実際のところ、わからなかった。あの人もまひるも二人とも、わたしにとって『理由』になってくれた存在で、だけど指の隙間《すきま》から滑り落ちていってしまった存在で。

きっとそのことをわたしはまだ冷静には、見られていない。

「……わかんない。頭の中でいろんなことが絡まってて。なにをしたいのか、なにが怖いのか、自分でも、全然……」

　二人はわたしの話を、黙って聞いてくれている。

「けど、ね」

　わたしは、大きく息を吸って、鋭く吐いた。

　それでもわたしのなかでは一つ、決まっていることがある。

「歌いたい。それだけは、絶対に本当だよ」


　私は雪音《ゆきね》さんと一緒に、ステージ近くの機材スペースで、映像の最終確認をしていた。

「……とうとう、本番ですね」

「そうね。締め切りギリギリだったけれど、なんとか間に合ってよかったわ」

「う……」

　さらりと挟まれる嫌みなのかただの事実を話している雑談なのかわからない雪音さんの言葉に心を刺されつつも、私は今日を迎えられたことを嬉《うれ》しく思っていた。

　変わらない締め切りのなかで、二倍に増えた作業。私はそれを描ききって、今ここにいる。

　花音《かの》ちゃんが歌詞を書きかえたみたいに、私も指摘を無視してすべてを描きかえた。見ているところが同じだといいなって、心から思う。

「友達もファンのみんなも、楽しみって言ってました。すごいライブになりそうだって」

私が宮下《みやした》パークを眺めながら言うと、

「当然でしょ」

雪音《ゆきね》さんはほんの少しだけ子供っぽく、自慢げに言う。

なんだかやっぱり、こんなところは花音《かの》ちゃんに似ていて憎めないな、なんてことを思って、少し微笑《ほほえ》んでしまう。

でも、私も同じことを思っていた。この一年で得た経験値をつぎ込んだこの約束を守るためのイラストたちは、きっとJELEE《ジエリー》をこれ以上ないくらいに彩ってくれる。

「海月《うみつき》先生は、行かなくていいの？　あっちに」

「あっち？」

雪音さんは視線をぴくりとも動かさずに言ったけれど、私があたりを見渡してみると、会場の裏へ続くトンネルのあたりに、花音ちゃんたちがいるのが目に入った。

「……正直、なんて言葉をかければいいのか、なにを言えばいいのか、わからなくて。いまの私が話したら、みんなの心をもっと、乱しちゃう気がして」

みんな、と言ったその部分に相応《ふさわ》しい言葉はどちらかと言えば花音ちゃん、だったけれど、雪音さんの前でその話をするのはなんだかいろんなものに水を差している気分になる気がしたので、私はふんわりとぼかして言った。

「勝手に飛び出しちゃったいまの私が、なにを言っても、伝わらない気がするんです」

「……伝わるわよ。これからね」

思わぬ言葉が聞こえたから、私は「え？」と聞き返してしまう。

「好きな絵が、描けたんでしょう？」

雪音さんは表情を変えずに——けど視線は一瞬だけ、花音ちゃんのほうへ向いた気がした。

「言葉じゃ伝わらない思いを、誰かに伝える。——創作っていうのは、そのためにあるのよ」


わたしたちが会場付近まで到着すると。

「……っ！」

わたしは息を詰まらせる。

ステージ付近の機材スペース。

そこにはモニターを見ながらなにやら談笑している、まひるとあの人の姿があった。

二人の距離はやや親しげで、あの人の言った言葉に、まひるが微笑んだりしていて。

どうしてなのか、その理由を正確に言葉にするのは難しいけれど、わたしはそれを見ているのが漠然と、つらかった。

――『お母さんが見つけたのは、まひるだったんだなあ』

わたしが一人つぶやいてしまった言葉が、頭に蘇《よみがえ》る。

わたしは思わず、二人から目を逸《そ》らしてしまう。

また自分の心が真っ黒に染まってしまいそうだったけど、大丈夫。それでもわたしはいま、歌いたいことを見つけていたから。……本当に？

「――のたん！」

めいの声が、意識を現実に引き戻す。我に返る。さっきの方向を向くけれどそこにはもう、あの人もまひるもいなかった。

「……大丈夫か？」

「……ごめん！　平気平気！」

キウイの声に明るく応えるけど、わたしは脇腹《わきばら》にじんわり冷や汗をかいているのを、静かに感じていた。

＊＊＊

数時間後。わたしはマイクリハも終えて、控え室で待機していた。

『全部がきっと　よい天気――っ』

夜の宮下《みやした》パーク。壁画のすぐ近くに作られた特設ステージで、サンフラワードールズが踊っている。わたしはそれを宮下パークの二階にある控え室で着替えながら一人で見ていた。

エスカレーターを降りてすぐのところにあるステージで、プロジェクションマッピングとともにサンドーが歌う。舞台ではサンドー本人が、その背後に立てられた透明のパネル型液晶にはサンドーの３Ｄキャラが踊っていて、バーチャルとリアルが絡み合う。さらにそれを彩るように、まひるが『快晴の空』をテーマに描いたというイラストたちが、ステージの背景やビルと地面に映し出された。

太陽や飛行船、向日葵《ひまわり》などサンフラワードールズを象徴するたくさんのイラストが宮下パークを埋め尽くして、派手に動き回っている。プロジェクションマッピングの映像が、まるでパネルのバーチャルの世界と舞台の上のサンドーの世界をつなぎ合わせるように波打って、見たことのない世界がそこに完成していた。

たしかに新しいもの好きで、野望が大きいあの人が考えそうな企画だ。まひるの絵をこれ以上ないってくらいに活かしてるとも思う。これならたしかに、まひるがＭＶよりも優先したくなる気持ちもわかるな、なんて卑屈な発想が出てきそうになったから、わたしはぎゅっと手の甲の皮膚を自分で引っ張った。

あの三人が歌って踊るところを生で見るのって本当に何年ぶりだろうって感じだったけど、三人がユニゾンで歌っているパートでもそれぞれの声を聞き分けられるくらいには、三人の声は耳に残っていた。

ＭＣを挟んで次に歌うことになるのが最後の曲で、その曲が終わったらわたしたちJELEE《ジェリー》の出番がやってくる。

上手《うま》く歌えるといいな。

そんなシンプルで当たり前なことを思いながら、わたしはぬるくなった水を飲んだ。

宮下《みやした》パーク、エスカレーターの上。俺はめいと一緒に、ライブを眺めている。関係者席に行くこともできたけれど、なんとなく居心地が悪い気がしたから、俺たちは選んでここにいる。

俺は下のステージで行われてるライブとYouTubeのリアルタイムの配信映像を見比べなが

ら、実際に見るとすごいものだな、と唸《うな》っていた。

透明なパネルモニターの中ではサンドーの3Dキャラが踊り、その前の舞台の上では、現実のサンドーが踊る。そこにプロジェクションマッピングが加わるという演出までは聞いていたとおりだったけど、配信で見るとさらに変化があったのだ。

3Dキャラが映っているはずの巨大モニターが消えて、その代わりに組み上がった舞台の一部がそこに表示されている。モニターに映っていたはずの3Dのキャラクターが、ステージに直接立ってリアルのサンドーと共演するかのように踊っているのだ。

「モニターにマスクかけるだけじゃなくて……それにリアルを合わせるって、私ですら初めて見たぞ……」

ぼそりと言う。

つまり、映像のモニターのある位置にモデリングされた架空の背景を合成、さらにおそらくは事前に収録したであろうリアルなサンドーの振り付けに合わせて、共演するような位置に踊る3Dキャラを表示している。

いわゆる企業勢のトップ層が行うVTuberのライブの仕組みに、リアルライブを組み合わせているのだ。

「配信カメラも三台あって……ってことはそれに合わせて合成する背景の映像も準備してるってことだよな……。すごい金かかってるな、これ」

そんなことを言っていると、めいはふんふんと頷《うなず》きながら、

「お金ってすごいですね！」

絶対にわかってないと思うんだけど、なるほどみたいな感じで言葉を返してきた。もしくは、バーチャルライブも完全に理解したのかもしれない。

配信を見ていると同時視聴者数はぐんぐんと伸びていて、すでに三万人を超えている。まあこれは恐らくサンドーと橘《たちばな》ののかの共演のニュース、めいの絶叫配信の余波など、いろいろな要因が関わっているのだろうけど、それでも野次馬的にやってきた人を離脱させずに視聴維持させているのは間違いないようで、同接は時間とともにじわじわと増えている。

入場規制の外を通りかかった人も遠目に見える謎《なぞ》の派手な景色に、「何事……？」みたいに目を奪われていて、リアルも現実も両方ハックされていた。

なんというか……これが花音《かの》の母親の手腕、ってことだよな。

現場ではサンドーファンが赤、黄、緑の三色のサイリウムを持って、ライブを応援していて。

配信では、３Ｄになったサンドーを、絵文字やスパチャでみんなが応援していて。

なるほど、俺たちのカソウライブから着想を得てこの依頼が来た、とまひるから聞いてはいたけど、たしかにやりたかったことは近い気がした。

「ありがとうございました！　サンフラワードールズで『lovely weather』でした！」

サンドーが歌い終えると、舞台の脇《わき》から若くて華やかな、これぞキラキラ若者に人気です、みたいな女が出てくる。

「あらためまして、ここからの司会も、フォロワー一二〇万のYouTuber、ゆこちがお送りします！」

そうして俺はまひるから名前だけは何度も聞いてきたものの、姿は今日初めて見ることになったインフルエンサーの声を聞きながら、心がそわそわするのを感じていた。


準備を終えたわたしは、これから降りるエスカレーターの近くへやってきた。

そこではめいとキウイが、待ってくれている。

「それじゃあ、行ってくる」

側《そば》まで寄ってわたしが言うと、キウイとめいは頷いてくれた。

そのとき。

「っ！」

ライブを終えてエスカレーターを上がってきたメロとすれ違う。

一瞬だけ――何年かぶりに目が合った。

メロはそのままなにも言わず、去っていく。それに続いてあかりと桃子《ももこ》も歩いてきた。二人はわたしの近くで立ち止まると、わたしとメロを交互に見る。やや迷ったようにすると、やがてメロに続くように、控え室のほうへと消えていった。いや、きっと先に二人から目を逸《そ》らしたのはわたしで、きっと話しかければ一言二言、言葉くらいは交わせたと思う。だけど、なにを言えばいいのかわからなかった。

その裏でゆこちさんがしている「それではフォロワー一二〇・五万のゆこちが……」というまた少しフォロワーの増えたMCがやや耳に付いたけれど、わたしの手はこんなことで簡単に、また震えはじめてしまう。

「ののたん……」

「……ん」

「まだ怖い……ですか?」

こんな表情を見せて、こんな震えまで見せて。それで怖くないなんて言っても、なにも説得力がないだろう。

「あはは……情けないよね」

なんだかわたしはいま、初めて裸の自分で、二人に本音を話せている気がした。

なんでも正直に話してる女の子です、みたいなフリして、わたしはこんな簡単なことをできるようになるまで、一年以上もかかった。

「私いままで……歌う理由がないままステージに立つなんてこと、なくて。それに……」

わたしの手の震えは、止まっていない。

まひるのこと、お母さんのこと、歌う理由のこと。

そしていま、サンドーのみんなとすれ違って、フラッシュバックしてしまった。

「あのとき私を叩《たた》いてた人も、失望させちゃったファンも……たぶん、あそこにいる」

エスカレーターの上から見えるステージの前の観客席には、満員のお客さんがいた。わたしはまだ、その人たちの顔を、しっかりと見ることができていない。

だっていまここに来ている人は、JELEE《ジエリー》のファンだけじゃなく、サンドーのファンだってたくさんいるのだ。きっとわたしのアンチや好奇の目、敵意を持っている人だって、何人もいる。

「花音《かの》」

キウイが、短くわたしの名前を呼んだ。

無言でわたしの、手を握ってくれる。

「ののたん」

めいが、優しくわたしの愛称を呼んだ。

キウイの手の上から両手でがっつりと、手を握ってくれた。めいらしいな、もう。

ただ、なにも言わずに時間が経った。

きっといま冷たさと温かさを分け合って、三人は同じ体温になっている。

「……ありがと。もう、大丈夫」

気がついたら、手の震えが止まっていた。

「──私はJELEE《ジェリー》、だもんね！」

わたしは足を踏み出して、エスカレーターを降りていく。降りてすぐのところにある特設ステージが、わたしの歌う場所だ。

「ということで続いては、TikTokで話題沸騰中、匿名シンガーのJELEEの登場です！　なんと今回はバーチャルライブで生歌を披露！　曲は感動の解散配信で日本中を賑《にぎ》わせた、あの曲の完成形！」

エスカレーターを降りきると、ステージに上がる。

「四人組のJELEEですが、今日は諸事情でボーカルのJELEEちゃんがソロで歌うスペシャルステージとなってます。……え、理由？　ちょっと、最近ネットで色々あったんだから察して察して！」

ゆこちさんのややブラックなＭＣで、観客が笑う。やっぱり多くの人は、JELEEのことも身バレのことも、わたしの過去のことも。しっかり知った上でここに来ているんだ。

サンドーのときと照明を変えて、わたしの顔は逆光で見えないようにしてくれているけれど、それでもいまわたしの目の前にいる人たちのほとんどは、わたしが『橘《たちばな》ののか』であることを知っている。そう思うだけで、身が固くなっていくのを感じた。

わたしの空っぽのなかを、わたしにひびを入れた言葉たちが、反響する。

――『ののかは、私の邪魔をするのね』

――『そんなふうに、思ってたんだ』

――『親子ってさ、似るんだねっ』

こんなに近くにいるお客さんたちの顔を、直視することができなかった。

「それではJELEEさん、曲紹介をお願いします！」

ゆこちさんの振りとともに、沸いていた観客が、静まっていく。

けれど。

「……っ！」

声が、出なかった。

あの人の呪縛《じゅばく》、まひるとのすれ違い。

炎上したときの孤独、顔バレしたときの罪悪感。

歌う理由がない、空っぽなわたし。

いろいろな感情がわたしのなかを駆け巡って。空洞にこだますることでまた空っぽが強調されて。マイクを強く握って、口をパクパクとさせるけれど、わたしからはなんの声も発せられていない。ただ唇だけが、ひどく震えていて、それが余計おかしな光景を演出した。

「あれれー？　JELEE《ジエリー》ちゃん、どうしたんだろ。きっとこの曲を完成させるまでに――」

ゆこちさんがわたしの失態を埋めようと、フォローしてくれている。もちろんここまで黙りこくってしまったらその不自然さに、お客さんだって気がつく。

「どうした？」「トラブル？」「演出？」

ざわざわとした空気は一人が声に出すと徐々に伝染していって、このままだと会場全体がおかしな空気に染まりきってしまうだろう。

「――っ！」

そのとき。

音響のスタッフさんがしびれを切らしたのだろう、わたしの曲紹介を待たずに、イントロが流れはじめた。


『どうした!?　マイクオフってる!?』

『……いや、マイクは出てる！　声のほうが出てない！』

『それで歌えるのか!?　いまからオンボーカルに切り替える!?』


耳につけたイヤモニからスタッフの声が届く。

頭のなかが、焦りと、申し訳なさと、無力感でいっぱいになっていく。

わたしはこういうトラブルが起こる度に、わたしのせいだ、わたしのせいだって、いつも言ってきたけれど。あるときはまひるが、あるときはめいが、キウイが。そんなことないとわたしを庇《かば》ってくれた。

けど。

これでライブを台無しにしてしまったら。

それだけはもうどう言い訳もしようがないくらいに——わたしのせいだ。


「——ののかッ!!」


そのとき。

鼻に掛かった、聞き馴染《なじ》みのある声が、わたしの耳に届いた。

それはステージの上で、楽屋で、帰りのタクシーで——あの人の隣で。

何度も何度も聞いて、何度も何度も言葉を交わした、わたしの苦手な声。

「ちゃんと前見ろ、バカ!!」

拳《こぶし》と頬《ほお》が触れ合ったのが最後の元グループメイトが、わたしの古い名前を叫んだのだ。

「っ!」

メロの叱咤が、わたしを正気に戻す。

わたしは視界を支配していた真っ黒い記憶を振り払って、言葉の通り、前を向いた。


そしてわたしは、驚いてしまった。

目の前に広がる渋谷《しぶや》のビルの海には——一面に青いクラゲたちが、映し出されていた。


「……これ」

サンドーのときは太陽や向日葵《ひまわり》など、空をテーマに作られていたプロジェクションマッピングの映像。それがいま、イソギンチャク、タコ、タツノオトシゴ、クラゲなど、そのすべてがまるで海のような世界に置き換わって、わたしの目の前に立ち現れている。

……いや、きっと海というのは、表現として間違ってるんだろうな。

その光景はまさに、わたしが見たかったもので。

その景色はまるで、水族館のようで。

──『花音《かの》ちゃん。作ってよ！　──渋谷《しぶや》に、大きい水族館を！』

その約束はわたしにとって、一番大切なものだった。

そっか。
JELEE《ジエリー》を飛び出していって、あの人のところで仕事をしはじめて。
まひるはJELEEよりも大事なものができちゃったのかなって思ってたけど。

まひるも、同じことを考えてくれてたんだよね。

身体が軽くなり、ふっと笑みがこぼれる。
憑《つ》きものが取れて、軽やかに口が開く。
こうして、わたしが大好きな絵に囲まれて。
こうして、わたしが自分に似てると思ったクラゲが、わたしの背中を押してくれて。
たぶん、わたしの迷いがこれだけで全部解決したわけではないと思う。

それでもこの景色があるだけで──

もうこの場所は、JELEE《わたし》にとって心地のいい居場所になるのだ。

クラゲが深海遊泳するみたいに、わたしは大好きな場所で大好きな歌の伴奏に、身を預けた。


「散らかった部屋と　ピカピカのマイク――」


わたしの声が渋谷じゅうに響く。

わたしが自分にとって大切なものを書いた歌詞が、みんなに届いている。

こうして大きくてロマンティックな舞台で。

わたしはわたしの身近な大事なものだけを歌っていく。


「間違えた綴《つづ》り　アルファベットの名前――」


JELEE。

ちょっとだけおっちょこちょいなわたしが勘違いしてつけた名前で、だけどそのおかげでわたしたちは、世界でたった一つのクラゲになれた。ストリートカルチャーって綴りをあえて間違えたりするんだよ、ってことをキウイから教えてもらったとき、なんだか急にかっこよく見えてきて、それからわたしは最初からそのつもりでした、みたいな顔をするようになった。

もはやわたしの一部みたいな、切っても切り離せない、わたしの大切な言葉だ。


「おやすみの前の　とりとめないトーク――」


Discordのグループ通話。

新曲の会議をしようとか言って集まって、なのに結局だらだらくだらないことについて話し込んだりして。次の日が早いから一時半までね、とか言って始めた通話が二時に、三時に長引けば長引くほど、みんながこの会話を楽しいって思ってくれてるんだっていう証拠みたいに感じられて嬉《うれ》しくて。

それがあればもう寂しくなんかならない、わたしがわたしでいられる大切な居場所だ。


「大人買いしてる　お気に入りのチョコレート――」


海の生き物のチョコエッグ。

バラバラのJELEE《ジエリー》をつなぐきっかけをくれて、わたしをリーダーだって思わせてくれて。

ちょっとよくわからないセンスなこともあるけれど、それがなんだか可笑《おか》しくて。あのときも

らったクラゲのおもちゃをいつも枕元《まくらもと》に置いて寝てるんだよ、なんて正直に話したら、また重いだなんて言われてしまうかもしれないから、口がさけても言えなかった。

そんな——わたしが大好きな人が、大好きなものだ。

「月がキレイだよと　君から届いた文字——」

その言葉は英語では——みたいな話を知っていたから勝手にわたしだけ意識していて、たぶんあっちはそんなこと考えてなくて、ただ本当に月が綺麗《きれい》だっただけで。

だけどベランダに出てみてその光を見たとき。

離れているのにつながっている気持ちになれて。

そのとき、わたしは思ったのだ。

いまのわたしは太陽よりも——月の光のほうが、好きになってるんだって。

「まん丸な光が——」

まだ始まったばっかりなのに、終わっちゃうのがもう寂しくて。

声が伸びる。
笑みがこぼれる。
世界のぜんぶが、キラキラして見える！

「夜空に——浮かんでいた」

この気持ちを、この光景を、世界中の人に。
ほんとうに、世界中の全員に、聞いてほしいし見てほしい。
そんなことをバカみたいに本気で、考えていた。

すっかり流れに乗った花音《かの》を見て、エスカレーターの上から見ている俺たちは、安心していた。不安定なところはあるけど、ああなった花音はもう、誰にも止められない。俺たちのリーダーは、そういう面倒くさい女だからな。
サンドーのときと同じように、モニターに映ったJELEE《ジェリー》ちゃんという仮想を、まひるのプロジェクションマッピングがつないで、仮装を脱いだ花音が悠々と歌っている。

「あの……」

めいがきょとんと、その3Dパネルを見ながら言った。

「3DのJELEE《ジェリー》ちゃん……あれもキウイさんが……?」

たしかにそうか、そういえばこのことについて、俺はめいにはなにも言ってなかったんだった。

「そんなわけないだろ?」

プロジェクションマッピングやイラストはすべて雪音《ゆきね》さんサイドとまひるが用意してくれたから、俺がした仕事は一つだけ。

早川《はやかわ》雪音から提出を求められたJELEEちゃんの3Dモデルを——作ってもらったのだ。

俺はドヤ顔でJELEEチャンネルの収益のページを開いて、そこにあった広告収益が最近、すべて現金化されていることを見せてやった。そしていま、そのお金は草の根のフリーランス3Dモデラーの口座に振り込まれている。

「超特急料金で依頼したんだよ。——これまでの広告収益、全部を使ってな」

するとめいは、はっとして戦慄《せんりつ》したように震えた。

「お金って……すごいですね……!」

そんなお金の権化であるJELEEちゃんのモデルと、花音《かの》が同じ振り付けで踊っている。

『夜空に――浮かんでいた』

曲はゆっくりと盛り上がっていきながら、サビへと差し掛かった。

「さ――ここからだぜ」

俺が言うのと同時に花音も、観客に向かって大きく、両手を広げた。

そして――なんだろうか。

花音はマイクを下ろしたままパクパクと、口を動かしたような気がした。

「見てて――まひる！」

雪音さんのいる関係者席。ステージを見渡せるその場所から、花音ちゃんの歌を聴いていた。

歌いはじめない花音《かの》ちゃんに最初は不安になって、いてもたってもいられなくなって、だけど瀬藤《せとう》さんの声が聞こえて、花音ちゃんが歌いはじめて。
こうなった花音ちゃんは最強の女の子だから、もう大丈夫だって思って、
いつもどおりのかっこよさで、このまま観客を魅了してしまうと思っていた。

『夜空に――浮かんでいた』

だから私は、驚いてしまった。

最初のサビに入る直前。
まるでオーケストラの指揮者みたいに、壮大な曲のクライマックスを彩るように、なにか口を動かしながら花音ちゃんが両手を広げた瞬間。
――観客席のみんなが一斉に傘を広げて。
――見える景色の全部が青一色で埋め尽くされるなんて、想像もしていなかったから。

『この夜に　暗い夜に――』

「……っ！」

花音ちゃんの歌と一緒に、青い傘が渋谷《しぶや》に海を作る。

これはハロウィンライブの合宿のとき、花音ちゃんが閃《ひらめ》いたと言っていたこと。
地上で傘を広げる人を屋上から見て、閃いたというそのアイデア。
ハロウィンの一周年ライブは無観客になってしまったから、できなくなったその演出。
花音ちゃんはそれを、ここで実現させた。

――『じゃあ、約束ね』

クラゲの水槽の前で交わした、子供っぽい約束。
渋谷に大きい水族館を作る、なんていう、冗談みたいな野望。
まったく、こんなのできすぎじゃないか。
私が渋谷《しぶや》の壁と地面に、たくさんのクラゲを映し出して。

花音《かの》ちゃんたちがファンのみんなと一緒に、クラゲたちが住むための青い水槽を用意する。

これなら文句なしに達成したって言っていいだろう。

渋谷に大きい水族館を作るって、私たちの嘘《うそ》みたいな夢物語を。


『消えない光を　見つけてきたから――』


ふと、関係者席から見えるようになっている、コメント確認用のモニターを見て、私はくすっと笑ってしまった。そこにはカソウライブのときみたいに大量のクラゲの絵文字が流れているのだけど、今日はなぜか関係ない魚とかタコとか、そういう絵文字も流れるようになっていた。

うん、これはあれだね、インターネットも水族館になった、というところで一つどうだろう。

「……んん?」

そんなとき。

私の鼻の頭が、突然ぴと、と冷えた。

そのあとじんわりと濡れたような感覚があったから、参ったな、こんな大事なときに雨でも降りはじめちゃったかな、なんて思っていたら。

その予想は、ちょっとだけ違った。

「……雪？」

私がぼそりとつぶやくと、雪音《ゆきね》さんも視線を上げる。

「……そう、ね」

スタッフや観客もざわざわとしはじめた。機材は大丈夫か、お客さんは幸運にも傘があるからよかった、カメラのレンズについて配信映像が乱れないように、いろいろなことが声高に叫ばれていた——


そのとき。


「ねえ、あれ……」

スタッフの一人が、信じられない、といったように、空中を指差しながら言う。

私もその方向を見ると——あはは、これは驚いた。

雪が舞う渋谷の空間。

その空中に、ビルに映っていたはずのクラゲたちが実体化して、立体的に浮き上がっていた。

ビルや地面をスクリーンにして、映し出されていた私のクラゲたち。

それがいまは、雪をスクリーンにして、空間に映し出されてるのだ。

「……っ！」

私はその夢みたいな光景に、目を奪われていた。

地面に青い傘が広がる、水槽みたいな宮下《みやした》パーク。

まるでその水槽を、たくさんのクラゲが浮いて泳いでいるみたいな。

ファンの傘による水槽、私のクラゲのプロジェクションマッピング。

めいちゃんとキウイちゃんが作った曲、花音《かの》ちゃんの歌、３DのJELEE《ジェリー》ちゃん。

そしてコメント欄を流れるクラゲたちが一体となって、渋谷《しぶや》に一つの水槽を作り上げている。

『泳いで　ゆけるよ――』

花音ちゃんが最後のフレーズにさしかかったとき。

最初に花音ちゃんが声が出なかったときも、歌えるようになったときも。

青い傘が広がったときも、雪が降り始めたときも。

いままでずっと表情を変えずに花音ちゃんのライブを見ていた雪音《ゆきね》さんが――

『もう雪の音が聴こえなくても――』

ほんの少しだけ口角を上げたのを、私だけが見ていた。

『クラゲの歌声　明日の君に聴こえるように』

曲が終わる。
目に映る人みんなが、笑顔を浮かべている。
近くにいるスタッフさんたちも、遠くにいるお客さんも、前列の熱いファンのみんなも。
映像で見ているファンも、みんなＳＮＳ上でクラゲを大量に流して、楽しそうにしている。
そしてステージの上の花音ちゃんも、たぶん、さっき一瞬だけ笑顔を浮かべた雪音さんも。
誰一人置いていかない、全員が楽しく夢を見られる、理想のステージがここに完成していた。

『クラゲが実体化した！』『奇跡だ！』

モニターには魔法みたいな光景に興奮するコメントが溢《あふ》れていて。

そんな景色のなか、たくさん流れるコメントのなかで、とある一つのコメントが目に付いた。それはスパチャでもなんでもない普通のコメントだったから、たぶん一秒も経たないうちに彼方《かなた》へと消えていってしまったけど。

花音《かの》ちゃんもいま、同じものを見ているといいなあ。

なんてことを思っていた。


『クラゲの歌声　明日の君に聴こえるように』


曲が終わった。奇跡みたいな光景が、渋谷《しぶや》の日常に戻っていく。

だけど、ステージを見ているみんなの笑顔は、非日常のまま輝いている。

袖《そで》で待機しているスタッフさんたちも、関係者席のみんなも、そして、きっとわたしも。

ステージの下に置かれたモニターで確認できるコメント欄にも、クラゲや歓喜のコメントが大量に流れていて、世界と感情の境目がなくなったみたいだ。

全部がつながって、ふわふわと、楽しいって気持ちだけが浮かんでいる。

「……はあ、はあ」

歌い終えたわたしは、ファンたちの顔をじっと眺めた。広げられたままだったり、畳まれたりしている傘の青が、月の光を反射して、キラキラ光っている。

みんな楽しそうで、興奮していて。配信のコメントを眺めていると、生きがいだとか、次のライブはいつだとか、一生推すだとか、熱のあるコメントばかりが次々と流れてきた。

――そんなとき。

モニターをすごい勢いで流れていった、一つのコメントが目に付いた。

「……あははっ！」

声に出して笑ってしまう。それはほかのコメントに紛れて一瞬で流れていってしまったけど、わたしにとっては大切な言葉だったから、見逃すことはなかった。……だから。

いま、まひるも同じものを見ているといいなあ、なんて。

そんなことを、思っていた。

『渋谷《しぶや》が、大きい水族館になってる！』


全部を見届けた私は関係者席から駆け下りて、エスカレーターの上の広場に来た。

本当にすごいライブで、やっと私は私が伝えたかったことを、花音《かの》ちゃんに伝えられたような気がして。会えなかった間のことを、全部わかり合えたような気がして。私は早く感想が言い合いたくて、一秒でも早く花音ちゃんに会いたい、なんて思っていた。

そんなとき。

ステージの近くから伸びるエスカレーターを、花音ちゃんが駆けのぼってくるのが見えた。

あはは、やっぱり花音ちゃんには、一歩後れを取っちゃうな。

そんなことを思いながら、私も駆け出していた。

「まひる――――っ！」

エスカレーターを上り切った花音ちゃんが、私のほうへ走ってくる。私も花音ちゃんに駆け寄って、二人の距離がゼロに近づいていく。

「花音ちゃ――――んっ！」

「――うわぁっ⁉」

私のほうから花音ちゃんに抱きついて、私たちはそのまま、二人で地面に倒れこんだ。

「すごい！　あの傘、みんなが⁉」

「うん！　二人が協力してくれて！」

花音ちゃんが向けた視線のほうへ振り向くと、私の後ろの少し離れたところにいたキウイちゃんがドヤ顔をしている。

「ほとんど花音のアイデアだけどな」

「私はなにもしてないですっ！」

キウイちゃんの隣にいためいちゃんはしばらくぶりでも相変わらずめいちゃんで、私はなんだか力が抜けた。

「あはは……そっか」

私が一時離脱して、しばらく会えなくなって。

それでもJELEE《ジエリー》はなにも変わらず、JELEEのままでいてくれている。

「あのさ……まひる……」

花音《かの》ちゃんは少し大人しくなって、私をじっと見た。

「うん？」

「ごめん。私、無神経なこと言って……まひるを傷つけて……」

また私は、花音ちゃんから先に謝らせてしまった。

最初に会ったときは、自分を貫ける強い女の子だから、それに反したときはちゃんと謝ることもできるんだろうな、かっこいいな、なんて思ってたけど。きっと花音ちゃんが先に謝ってくるほんとうの理由は、そうじゃない。

ティラミスを買ってきてくれたり、歌う理由に迷っていたときの、子供っぽい怯《おび》えた表情を思い出す。

人に嫌われるのが怖くて、だから不安で人のちょっとした言葉とか表情を気にしちゃって、自分が捨てられるのが怖くて、だから先に謝ってしまうだけなんだってことを、一年以上、隣で過ごしたいまの私はわかっている。

だからこうして先に謝らせるようなことは、もうしたくないな、って思った。

「ううん。私も、ごめん。自分のことばっかりで……勝手に飛び出しちゃって。——けど！」

そして——だったらこれから言おうと思ってることも、私が絶対先に言ってやる。

そう思っていたはずなのだけど。

「──約束、守ったよ！」


私たちは、それを同時に言っていた。

まったく、これだから花音ちゃんには敵《かな》わない。

まあ、今度は負けたわけじゃないからいいよね。

なんてことを思いながら私は、花音ちゃんと顔を見合わせて笑った。

「ったく」

「悔しいですが……解釈一致です」

そんな私たちを、キウイちゃんとめいちゃんが、呆《あき》れたように見ていた。


全部が終わって、観客が徐々に帰りはじめている。

わたしはステージが撤去されはじめているところを座って見ながら、ただ、ぼーっとしていた。

楽しかったな。

終わっちゃったな。

……寂しいな。


こういうふわふわとした浮遊感はきっと、何時間かしたら、少なくとも寝て起きたらなくなってしまうことは知っていたから、ちょっとでもこの時間に浸っていたくて。

まだ少しだけ、雪の降る渋谷《しぶや》の空を見上げていた。

そんな幸せの余韻みたいなゆっくりとした時間。


わたしの隣には、まひるがいる。


「……終わったね」

「うん。終わっちゃった」

まひるが寂しそうに言うから、わたしも寂しさを返した。

沈黙も間も気にしない、ゆっくりとした空気。

「……まひるは、どうだった？　……お母さんのところ」

「いやあ、たくさん揉《も》まれたよ～。プロは厳しい……――っていうかたぶん、雪音《ゆきね》さんがちょっとおかしいよね」

さらっと言われて、わたしは可笑《おか》しくなって。

「あはは。……それ、気付いた?」

「うん、あれはなんというか……仕事に生きる人、って感じだね……」

「あはは。だね」

言いづらいことなのに、自然と言葉が出てきて。

まひるにいろんなわたしのことを、知ってほしいと思えていて。

「……良くも、悪くも」

きっとプロデューサーとしてはそれでいいのだろう。そう思いながら、わたしはつぶやく。

そして、顔を見合わせてくすっと笑った。

「けどね。私はちょっと、変われたよ」

「変われた、って?」

まひるは、優しくて、けれど自信も感じる柔らかい大人な表情で、月を見ていた。

「私ね――」

そして、ふっと、さざ波みたいに笑った。

「いまは自分のことが、好きだよ」


「……そっか」

なんだかその言葉が聞けたら、それだけで嬉《うれ》しくて。

わたしの悩みなんてもう、どうだっていいのかな、なんて思いそうになる。

けど、違うんだよね。

「……花音《かの》ちゃんは？」

だってまひるは自分のことを話すだけじゃなくて、きちんとわたしのことも、聞いてくれるから。

わたしの踏み込みづらいところにいつの間にか、入ってきてくれるから。

柔らかく見えて、遠慮気味に見えて、常識人に見えて。

だけど本当はめちゃくちゃ堂々と、わたしのなかに入ってくる。

そんなずるくて大胆なまひるのことが、きっとわたしは好きなのだ。

「……私ね、ずっと空っぽだったんだ」

「うん」

まひるの相槌《あいづち》の温度が心地いい。

「みんなから輝いてるって言ってもらえても、私のなかにはなんにもないって、自分が一番わかってて」

「……うん」

大事なことを一番に聞いてほしい人に、わたしはこれを話せている。

「それで……まひるが言ってくれたでしょ？　私のために歌ってって。……嬉しかったんだ」

きっとあの日が、わたしにとっての夜明けだったから。

「だからね。お母さんもまひるもいなくなったとき……全部、ホントに全部、わかんなくなっちゃって」

わたしは、この場所から見える、ぜんぶを眺めた。


「でもね。見て！」


会場から少し外れた場所には、心から高揚している、ファンたちの姿があった。帰るのが名残惜しいようにその場所に集まっていて、みんなが活き活きとした表情できっとこのライブについて語り合っている。モニターに映ったままのコメントだって、ＳＮＳのハッシュタグだって、クラゲや喜びの声で埋め尽くされていて。

「私、今日、気付いたの。多分もうずっと、変わらないこと！　山ノ内《やまのうち》花音が歌う理由！」

きっとそのなかには、あのときわたしを叩《たた》いた人も、明日が来てほしくないって本気で思ってる人たちも、たくさんいると思う。

だったら！

「私、みんなが前を向く理由になりたい！」

本気で、そう思っていた。

「応援してくれるファンのみんなの……ううん、それだけじゃない！」

もしも、その人たちの世界が、いつもは灰色なんだとしても。

「自分の好きがわからない人も、この世界のことが大っ嫌いな人も。ネットで愚痴りながら、毎日のつらさと戦ってる人も。それに……むかし私を馬鹿《ばか》にした人だって、みーんな！」

もしも、苦しまなくて済むなら死にたいんだって、その人たちが思っているんだとしても。

「うれしい、楽しい、最高だって！　次のライブまで生きる意味ができた！　JELEE《ジェリー》の夢を一緒に追いかけたいって、思ってもらいたいの！」

夢を共有している瞬間だけは、わたしが世界を綺麗《きれい》な青一色に、染めることができるから。

「みんなの毎日を、キラキラに輝かせたいんだ！」

ずっと見失っていたものを、見つけた気がした。

ずっと欲しかったものが、手に入った気がした。

「——そのために、歌いたい！」

わたしはこれがあれば——少なくとも、これを本気で信じられているあいだだけは。

最強の女の子でいられる。

そう思っていた。

まひるは興奮したわたしを見ながら、ふふっと微笑《ほほえ》んだ。
まるでそれは、わたしを包み込む、お母さんみたいな笑みで。

「ねえ。花音《かの》ちゃん」

まひるは、なにかに気付いたみたいに、確信めいた笑みを浮かべている。

「うん？」

わたしがそれに返事をすると。
まひるはなんだか愛しいものでも見るかのように、優しい表情でわたしを見つめた。

やがてまひるは、わたしを包むように。
わたしが前に進む理由に、わたしが大好きな言葉を──リボンみたいに結びつけるように。
わたしの全部を受け入れて、丸ごと肯定するように、言った。

「――それって、ファンサだね」


自分でも笑っちゃうくらいに、すとんと腑《ふ》に落ちた。

もうこれだけがあれば、わたしはもう迷わないで済むって、心から思えた。

世界平和とか戦争反対とか、そんな大げさな言葉じゃなくて。

性欲食欲、立身出世とか、あえて露悪的に捻《ひね》くれてみせるわけでもなくて。

共依存とか承認欲求とか、そんなドロドロした沼っぽいところを楽しむわけでもない。

それから妙に哲学的だったり理屈っぽかったりもしないで、ちょっと軽く聞こえちゃったりするところが、またかわいくて好きだった。

わたしはもともとアイドルで。

だけどやめたあとも、ファンを大切にしたいって気持ちは、ずっと変わらないままで。

わたしはもともと自分がなくて。

だから誰かの役に立てるってところは、なんだかきっと居心地がいい。

だから――

わたしはまひるに、壁画のクラゲにまひるが描いたみたいなウインクをしながら、言った。

「――だねっ！」


ファンサ。

それが私の、歌う理由だ。

＊＊＊

それからすぐ。私たちが話していたところにキウイとめいもやってきた。

「おーい、そろそろ解散だってさ」

「ほんと？　じゃあ……」

私が返事をしようとすると、めいがステージのモニターのほうを指差す。

「みなさん、あそこ……！」

モニターにはエンドロールが出ていて、そこには関わってくれた人たちの名前が流れている。配信はもう終わっているから、これは現場のスタッフたちへ感謝を伝えるための映像なのだろう。

いつもあの人が言っていた。こうして関わってくれた人に感謝を伝えることについては絶対に、手を抜いてはいけないって。きっとこの映像も、あの人が作っているのだろう。

そして。めいがそれをわざわざ指差した理由。

それはいま、映像が私たちJELEE《ジエリー》のところに差し掛かるところだったからだ。

「おお。……粋なことしてくれるね」

「なんか嬉《うれ》しいよね。こういうの」

キウイの言葉に、まひるが頷《うなず》く。

「うん……まあ」

けれどなんというか私は複雑な気分で、言葉尻《ことばじり》が濁ってしまう。

流れる文字を、四人でじっと見ていた。

『作曲：木村《きむら》ちゃん』

「あ！　木村《きむら》ちゃんって……！　照れますね」

めいは顔を赤くして、喜んでいる。

少しずつ流れていく文字は、私たち一人一人に、感謝を伝えていく。

『編曲／ＭＶ／３Ｄモデル提供：竜ヶ崎《りゅうがさき》ノクス』

「お、私の名前も」

「よく考えるとキウイちゃんの負担えげつないよね」

「いまさらかよ」

まひるとキウイが仲よさげに会話しているけど、私の意識はずっと、そのモニターに向けられていた。

『イラスト：光月《こうづき》まひる／海月《うみつき》ヨル』

「……まひるはなんで連名？　ていうか本名載せていいのか？」

「いいの、私はこれからこのペンネームでやってくって、決めてあったから」

会話が頭に入ってこない。気がそぞろだった。

別に、いまさらあの人のことなんてどうでもいい。私は歌う理由を見つけたし、JELEE《ジェリー》って居場所も見つけたし、もうあの人なしでも、私はやっていける。

だけど私は、気になってしまっていた。

私がサンドーに入ってからずっと、私を橘《たちばな》ののかと呼びつづけて。

メロを殴ってしまった私をあっさり切り捨てた仕事の鬼が、一体私をいま、なんと表現するのか。

きっと、私はなんと言われても腹が立ってしまうのだろう。だけど、それを確認せずにはいられないくらいに、全神経が流れてくる文字に向いてしまっているのを、自分では止められなかった。

そして。

「え――」

その四文字が目に入った瞬間、私の頭は真っ白になっていた。

「私、雪音《ゆきね》ピの新たな一面、見つけちゃいました！」

私は宮下《みやした》パークの関係者席で、雪音ピと二人っきりで、その映像を見ていた。

「雪音ピって、意外と優しいんですねっ」

「なんのこと？」

ぶっきらぼうに言う雪音ピだけど、さすがにこれは言い逃れできないと思う。だってこういうBtoBとか言われる映像にはぜんぶ雪音ピが監修を入れて、間違いがないようにしてるってメロは知ってるから。

「だってあの映像。……認めた、ってことですよね？」

「……なに言ってるの」

雪音ピはクールに言う。

けれどそのときの声色にほんのちょーっとだけ仕事人じゃなく、母親としての声色が混じっていたのが、雪音ピの声を録音して集めて聞いているメロにだけはわかった。

「あの子は橘《たちばな》ののかを卒業した」

雪音ピはくるりと踵《きびす》を返して、北側へ抜ける階段を降りていく。

「だったら本当の名前を使うのは、プロデューサーとして当然のことでしょ」

きっとこの映像は、一度流したっきりでもう、二度と世には出ない。

だからこの会場のどこかにいるであろう私のライバルが、どうかこれを見ていますように。

私は柄にもなく、そんなことを思っていた。

私の目に入った、四文字。歌唱という役割のあとに書かれた、その名前。

『早川《はやかわ》花音《かの》』

理由を聞かれたら、きっと正確にはわからない。

だけど私は、一向に止まる気配のない涙を――

ほんとうに、いままで一度も流したことないような量の涙を――

私の一番弱いところを見られても平気って思える、大好きな三人の隣で、流しつづけていた。

＊＊＊

早朝。

私たちは店長の付き添いのもとカフェバーで朝まで終わりたくない余韻を共有して、渋谷《しぶや》から帰りの電車に乗っている。窓から差し込む日の出すら眺める余裕がないほど、私たちはクタクタになっている。

そんなとき。

「ね、これ」

「うん？」

まひるが見せてきたスマホの画面には、私たちのライブのニュースが表示されていた。

「同時接続、五万人だったんだって」

軽く、雑談みたいなトーンで放たれたその言葉。

だけど私は——それを軽く受け止めることができなかった。

「……え⁉　ちょっと貸して⁉」

私は勢いよくスマホを奪って、食い入るように見てしまう。

「……あはは、五万人……五万人。やった……」

脱力したように声が漏れる。自分でも馬鹿《ばか》みたいだって思う。

けど——本当に、嬉《うれ》しかった。

「えーと、おめでとうございます？」

「けど、いま数字のことはいいんじゃないか？」

めいが首を傾《かし》げて、キウイが苦笑した。

けど私は、それでもこの喜びを噛《か》みしめたかった。

だってそれはきっと、私にとって最後の後始末だ。

「なーに言ってるの。もしかして、知らない？」

得意げに窓の外を見る。三人は、私の言葉を待っている。

ひょっとするとそれは、屁理屈《へりくつ》かもしれない。けど、そう思えるだけできっと、私は人形ではなく人間として——あの人と向き合えるようになれる気がした。

「——東京ドームって、もし全部埋まったら、五万人なんだよ?」

まひるとキウイがきょとんとして、めいだけがハッとしていた。もしかしたらめいは、あの人の夢を知っているのかもしれないな。

「はあ? なんだよそれ?」

眉《まゆ》をひそめるキウイに——いや、それよりもきっと、たぶんどこかで私と同じニュースを見ているだろう、私のお母さんに向かって。

「ま、なにかって言われたら——」

見上げた先には、朝の太陽に照らされた雪が輝く、渋谷《しぶや》の街が広がっている。

「親孝行、かな!」

13　夜のクラゲは泳げない

年末のライブから一週間後。

私は家のリビングで、妹の佳歩《かほ》に絡まれていた。

佳歩が床で正座して、私を崇《あが》めるように見上げている。……というよりも、佳歩は私がJELEE《ジェリー》の一員だと知ってから、なんだかずっと様子がおかしいのだ。

「まひるお姉さま。……ワタクシ、ぜひご意見を頂戴《ちょうだい》したいことがあるんですが……」

「う、うん？　何事？」

佳歩が、ゴクリと息を呑《の》んで。

「……歌ってみたのマイクって、どんなのを使えばいいんでしょうか……!?　バズるためには……!!」

「や……それよりまず学業を……」

ガクッとなるが、やがて気を取り直す。

だって、いまの私は思っている。世間の普通に紛れて、普通の人生を送ることだけが人生の正解じゃないって。でも、かといってなにかを創って特別になることが正解だと思っているわけでもない。きっとどっちにもそれなりの迷いや苦悩があって、そのなかで自分を見つけていくことが、なによりも難しい。

だけど。

それでもあの頃よりは前に進みはじめた私は、いまではこう思っている。

「まあ……最初は一万くらいのやつで十分だよ」

挑戦したいって気持ちまでを否定する必要は、ないんじゃないかなって。

年末のライブから数週間後。

俺はオンラインで小春《こはる》さんと遊んでいた。

あれから何度かオンで遊んでいた俺と小春さんだったけれど、なんだか今日は回線の調子が悪いらしく、まだ部屋を立てたばかりなのに、小春さんが頻繁にサーバーから切断されてしまっていた。

「また落ちてますよ。……小春さん？」

「あれー？」

今日これで四回目だ。俺は苦笑しつつ、ちょっとだけ勇気を出して、こんなことを言ってみることにした。

「まあそしたら……オフでも、いいですけど……」

柄にもないことを言ってしまっただろうか、なんて思いながら、俺はちょっとドキドキして返事を待つ。

「んー、今日はパス」

「え……」

俺がつい、悲しみが滲《にじ》んだ口調で言ってしまうと、

「あぁ、ごめんごめん、そういう意味じゃなくて……」

小春さんがふと、通話のカメラをオンにしてきた。

そこには——鼻に分厚いガーゼを貼っている小春さんが映っていた。

「いま、ダウンタイム中なんだよね」

「え。まーたやったんすか？」

はあとため息をつきつつ、俺はくすっと笑ってしまう。

だってよく考えれば、やっていることは同じなのだ。

「いいっすね。ま、Vの新衣装、みたいなもんっす」

年末のライブから一か月後。

私は亜璃恵瑠《ありえる》さんと一緒に、とあるアイドルの単独ライブに来ています。ライブハウスは満員で、静かな熱気が会場中に充満していました。

私たちは二人で最前列にいて、本気で推す準備ができています。推し団扇《うちわ》を片手にうずうずとステージの暗闇《くらやみ》を見つめていると、やがて。

「みーんなぁ！　おーまたせーぇっ！」

明かりとともにみー子さん、改め馬場静江《ばばしずえ》さん、もといパクパク馬場さんが登場して、私も亜璃恵瑠さんも、観客も沸きます。

けれどみー子さんはそこから落ち着いて、やがて冷静にこんなことを言いはじめました。

「今日はまず、皆さんに言わないといけないことがあるんです……」

みー子さんはトーンを落として俯《うつむ》いて、背筋を丸めます。

「なんと……わたくし馬場静江は本日……」

そこまで言うと、観客の皆さんがざわめきます。

やがて、みー子さんはぱっと、勢いよく顔を上げます。

「……………三十二歳になりました〜〜!!」

「「きゃああああぁぁぁぁ〜〜!!!」」

私と亜璃恵瑠さんと、そのことを知っていた観客のみなさんで盛り上がります。『祝♡32』『ギリ平成♡』などの推し団扇で盛大に祝われていて、なんて幸せなアイドルなんでしょう。

私も大はしゃぎでオレンジ色のサイリウムを振って、馬場静江さんを応援しました。

年末のライブから二か月後。

私が新宿《しんじゅく》の喫茶店に到着すると、本当に数年ぶりに会うその、女、の、子はすでに席に座っていた。

「……ひさしぶり」

「ひさしぶり」

その子はアサイージュースかなにかだろうか、グラスに入った紫っぽい綺麗《きれい》な色をした飲み物を飲んでいて、きっとまた、飲み物を色で選んでるんだろうな、なんて勝手に想像する。

「どうしたの、急に連絡してきて」

私が尋ねると、その子はふむ、と眉《まゆ》をひそめて、私をじっと見た。

「別に。けど、いつかは話さないとでしょ」

「……まあ、それは同意」

私はきっとまだ、この子がしたことを許したわけではない。だけど、私だって決してしてはいけない罪を犯したことは事実だから、いつかは向き合わないといけない気がしていた。

それに、あのとき助けてもらったのも事実なわけだし――きっと、同じ太陽に向かって咲いていたヒマワリ同士、話せることがあるような気がしたのだ。

だから私は、突然来た「少しだけ話さない？」というDMに対して、承諾の返信をした。

「あのさぁ、とりあえず聞きたいことあるんだけどぉ」

「なに？」

その子は私に、こんなことを聞く。

「ののかと花音《かの》、どっちで呼べばいいの？」

「あー……」

正直迷った。私はののかを卒業したわけだし、花音って呼ばれるのが自然だとは思う。けど、それはここから新しい関係を作るってことなような気もして、私はまだ、そこまで気持ちが整理できているわけではなかった。

「そっちこそさ」

私はしばらく考えて――この子にする返答として、最高の答えを思いついてしまった。

「んん？」

だから私は、嫌みたっぷりに。

「メロと見ろバカ、どっちで呼べばいいの?」

「メロに決まってんでしょ!!」

それを冗談みたいに言い合えたことで、私はなんだか少しだけ、前に進めたような気がした。


年末のライブから二か月と少し。今日は全国的に、卒業式が行われる日だ。

時間通りに普通に登校して、体育館で普通に卒業証書とかを受け取って、みんながそうするみたいに教室で最後の挨拶《あいさつ》を交わし合っている私たちは、すごく普通の女子高生で。

だけど私は、そんな自分のことがもう、嫌いではなかった。

「まひる〜」

前の黒板で、チエピが呼んでいる。エミもサオリもその側《そば》にいて、どうやら黒板に寄せ書きや絵などを描いて思い出を作っているらしい。

「うん?　なに?」

私が三人に近づいて聞いてみると、

「はい!」

チエピにチョークを渡される。あー……そういうことね。

「……はあ」

ため息をつく。私は別に、目立つために絵を描いてるわけじゃないんだけどな。

なんてこと思いながら、私は少し考えたあとで、すらすらとチョークを走らせた。

ウィンクしたクラゲの絵を、一気に描きあげた私は、チョークを置く。

「「「おお～!?」」」

チエピ、エミ、サオリがみんな、すごーいみたいな感じで私を見ている。うーん、やっぱり描かなきゃよかったかな。

私は私が好きな絵を、描きたいってだけだからね。


年末のライブから二か月と少し。どうやら今日は世間的には卒業式らしい。

けどもちろん、『変』な俺にはそんなこと、関係なかった。

「——っておいおい、今日卒業式なのに家で配信見てるやつがこんなにいるのかよ?」

俺は昼の十二時から、配信を行っている。

「えーと、『お前も同類だろ』？　なんのことやら。俺は天下無双の最強VTuber、生徒会長の竜《りゆう》ヶ崎《がさき》ノクス様だぞ？」

俺が不登校を前提にしたコメント相手にしらばっくれると、

『顔バレをむしろ糧に変える女』

『ノクスは五年後もずっと生徒会長だから』

『生徒会長（23歳）』『おいやめろ』

そんなコメントを愉快な気持ちで眺める。

顔バレから俺の実際の現状すらもバレてしまってからもう三か月。

前みたいに生徒会長のフリを信じてもらえなくなってしまったけど、身バレ顔バレした嘘《うそ》つき系VTuberという唯一無二すぎる地位を確立した俺は、いままでよりも数倍アングラっぽく殺伐とした視聴者層を相手に、日々配信を行っていた。

『卒業する学校に行ってない』『もしかして：中卒』『俺も』『中卒多すぎて草』

『卒業式…二十年前にはそんなこともありました』『懐かしい』『アラフォーいすぎだろ』

『おっぱい見せてください』

もう本当に終わっていて、けど俺はこういう場所が本当に、居心地がいい。

だってたぶん、こういう配信には、あのとき俺が救えなかった自分自身みたいなやつが、たくさん来てくれるのだ。

「でも……そうだな」

だから俺は、少しだけ姿勢を正して、咳払《せきばら》いをした。

「卒業式にすら行けなかったはぐれ者のお前らに、せめて俺から送辞だけでも送ってやろうかな！」

この文字の向こう側にいる顔を一つ一つ勝手に想像しながら、俺は話しはじめた。

「……お前らのことを普通じゃないとか、変だとか言ってくるやつも、これからたくさんいるだろうよ。けどな？」

俺は堂々と、ヒーローポーズをしてやった。

「――竜《りゅう》ケ《が》崎《さき》ノクスだけは絶対に、お前らの味方だぜッ！」


あれからもう二か月は経ったでしょうか。今日、うちの学校は卒業式があります。

「すみません！　木村《きむら》ちゃんですよね！」

体育館から出たところ。私が一人で教室に向かおうとしていると、そこに現れたのは私と同じ制服を着た、背の低い女の子でした。

「え、あ、はい……」

「あの！　サ、サイン、もらえないですか……？」

と、渡されたのは色紙とペンでした。

「え……わ、私ですか……!?」

驚いてしまいました。ただのオタクでしかなかった私が、ついにサインを求められる側になってしまうなんて、解釈違いを起こしそうです。

けれどその女の子は、必死に言葉を続けました。

「……あの、私JELEE《ジェリー》が大好きで、JELEEしか、好きなものがなくて」

「……そうなんですか？」

言葉には、切実な響きが含まれています。

「その……私ってこんなだから、友達もいなくて、他に好きなものとかも……なくて。JELEEの曲にずっと、助けられてて……だから……！」

そうして自分を否定しながら孤独を語る女の子の姿は、誰かに似ていました。

「って、ごめんなさい、突然──」

そして申し訳なさそうにへらっと笑ってしまう笑い方も、本当に、誰かにそっくりです。

「――っ」

だから私は、決意しました。

だって、私は。私だけは、知っているんです。

そういうとき、どんな言葉をもらえたら、目の前が一番明るくなるのかを。

そういうとき、どんな女の子に出会えたら、自分のことを、好きになれるのかを。

「……じゃあ」

だから私は、お手本を思い出しながら、口角をすっと上げます。

「……それじゃあ私たち、似たもの同士だねっ！」

「え……！」

「大丈夫！　友達がいなくても、好きなものがなくても――」

そして私は、私のなかのナンバーワンアイドルのように、ウィンクをしてみせました。

「JELEE《ジェリー》の歌だけは絶対に、あなたを一人ぼっちにしないから！　約束だよっ！」

今日は、卒業式だ。

私はいつもの着崩した制服で卒業式に出て、証書だけをもらった。

芸能系の学校だったから、活動実績があればある程度までは単位を認められる制度があって、運良くJELEEがその条件に合ったから、私はたくさんの補習と小テストを乗り越え、単位を取得できた。

卒業する意味なんてあるのかはわからない。

けど、逃げたって記憶が残ると後悔しそう。そう思っただけだった。なんか似たようなこと、キウイが言っていたっけ。


学校に友達のいない私が一人で校舎を去ると――驚いた。

校門の前に車を止めて、その近くに立つあの人がいたからだ。

なにかを話しに来たんだろうか、それともただ一目見にきた……なんてことはないんだろうな。

都合がいいと思った。だって私のほうからは一つだけ、言いたいことがあったから。

「……」

私は真っ直《ます》ぐすっと近づくと、そのまま数歩だけすれ違う。

そしてそのまま背中越しに得意げに、言ってやった。

「お母さんの夢、叶《かな》えてあげた」

お母さんがそれを聞いて、どんな顔をしていたのかはわからない。けど、きっとお母さんは私に似て負けず嫌いだから、ちょっと好戦的な笑みでも浮かべてたんじゃないかなって思う。いや、順序が逆なのかな。ともあれまったく、これだから早川《はやかわ》家の血は厄介だ。

私は振り向かないで、そのまま通り過ぎていく。

本当はもっと、いろいろな言葉を交わしてもよかったのかもしれない。本当はあの事件のあとなにを考えていたのか、全部ぶちまけたってよかったのかもしれない。

だけど、目も合わせずに通り過ぎてやったという事実が、なんだか私の心を、ぐっと軽くしてくれた。

そう。きっとこれは、わざわざ今日、証書を受け取ったのと同じ。

儀式、みたいなものなのだろう。

「卒業おめでとう。……花音《かの》」

みんなの『卒業式』が終わったあと。

壁画前に集合した私たち四人は、JELEE《ジエリー》が渋谷《しぶや》区から受けた依頼を遂行しようとしていた。

「オーダーは……『自由に』だそうです！」

することは簡単。

落書きだらけになってしまったこのクラゲを、もう一度新しく描き直すことだった。

＊＊＊

「これ塗るの結構大変だね～」

花音ちゃんが大きなクラゲの内側を塗るけど、なかなか塗り終わらない。すると花音ちゃんは閃《ひらめ》いたみたいに着ていたジャージを脱ぎはじめた。いつも制服の上から着崩したように羽織っている、白と水色のジャージだ。

「え？　なにしてるの？」

私がきょとんと見ていると、花音ちゃんは脱いだジャージにペンキをガッツリつけはじめた。

「でりゃあああああっ！」

「ええー!?　なにやってるの!?」

「いいのっ！　卒業だよ!?」

「そういう問題かな!?」

言いながら、服で大胆に色を塗っていく花音《かの》ちゃんは、やっぱり花音ちゃんだった。けど、線からはみ出さないようにしてね……。

「私も～！　……ああっ！」

隣でめいちゃんが花音ちゃんの真似《まね》をして、がばっとセーラー服を下から全部脱ごうとしたので抑えておいた。正確に言えば一回全部めくれたけど、一瞬だからセーフということにしておこう。三秒ルールみたいなものである。わかってくれためいちゃんは仕方なくなのか、セーラー服のスカーフをしゅるしゅると取って、それにペンキをつけて描きはじめた。なんかすっごく健気だけど、それ刷毛《はけ》と効率そんな変わらなくないですかね。

「届かないなー」

「まかせろっ！」

「え？　うおおおぉぉぉ!?」

ふと見ると、キウイちゃんがクラゲの上の方を塗ろうとしてたところに、花音ちゃんが足の間に頭をツッコんで、無理やり肩車しているようだった。なんか結構危ない気がするし、そもそも上塗る用の台はもらってるんだよな。

「私もされたいです～～！」

めいちゃんが相変わらずズレたことを言っていて、私たちは三人で笑った。

ペンキだらけの手で汗を拭《ふ》いて、顔がペンキまみれになってきた私。途中で真剣になってヘアゴムで髪をくくったから、髪の毛にもべっとりペンキがついちゃったキウイちゃん。なんかもう服も髪の毛も顔も、ペンキだらけの花音ちゃん。途中でペンキがバケツごとかかってしまって、両足の膝《ひざ》から下が完全に真緑になってしまっためいちゃん。

みんなそれぞれの形でペンキを塗りたくって、飛び散って。

身体も制服も顔すらも、どんどんと変な色だらけになっていった。

＊＊＊

二時間ほどが経って、陽がオレンジ色になってきた。

最初に共有した設計図と見比べてもほとんどできてきて、完成が近い。

カラフルすぎるほどにカラフルな私たちのクラゲが、渋谷《しぶや》の街に君臨しようとしている。

「そろそろ完成だね」

「……だな」

私が言うと、キウイちゃんが頷《うなず》く。

「……終わっちゃうんですね」

めいちゃんが素直なトーンで言うと、私たちのあいだに、あえて言葉にはしてこなかった寂しさみたいなものが流れはじめる。

絵が完成することを——四人の誰も望んでないような気がした。

「……なんかさ！　ずっとこうしてたいよね！」

ふと、花音《かの》ちゃんが真っ直《まっす》ぐ、子供っぽい口調で言う。

「うん。けど、そういうわけにはいかないよね」

私はいつもみたいに現実的なことを言うけれと、ずっとこうしてたいって気持ちは、私も一緒だった。

ただ、現実的な私でいないと、その寂しさに飲まれてしまうような気がしたのだ。

……終わりたく、ないな。

「時間は、過ぎていきますもんね」

「だな……」

めいちゃんが言って、キウイちゃんも頷く。

からからと、乾いた風が吹いた。

地べたに、ひっくり返したバケツに、縁石に。

それぞれ適当なところに座りながら九割完成した壁画を見つめる私たちは、もはや誰も壁画の続きを描こうとしない。

名残惜しくて、けど日は沈んでいって。

このままでいたくて、けどみんな、卒業していって。

そんなふうに、みんなが迷ってどうしたらいいかわからないとき。

一番に口を開くのは——やっぱり、花音ちゃんだった。

「……ね。知ってる？」

秘密ごとを話すように、けれどどこか、やっぱり寂しさは滲《にじ》んでいて。

それでも前向きな輝きを持っているのが、私の思う、花音ちゃんの好きなところだ。

「――人間の体内時計って、
本当は一日、二十五時間なんだって」

ぽそりと落とされたフレーズには、なんだかドキドキする響きがあった。

「そうなんですか？」

「なんか、聞いたことはあるな」

めいちゃんとキウイちゃんも、花音《かの》ちゃんのほうをじっと見ている。

「私最近、思うんだ。だったら一日が私たちに合わせて、二十五時間だったらいいのに、って！」

「ははは、またむちゃくちゃな――」

「ですね！　世界がののたんに合わせるべきです！」

キウイちゃんが笑い飛ばそうとするのを、めいちゃんの全肯定が上書きした。

「だって私、まだまだやりたいこと、いっぱいある！」

いじけるように子どもっぽく、わがままを言うみたいに。

「もっとたくさん曲も作りたいし、ライブだっていっぱいしたい。みんなで旅行も一緒に行きたいし、くだらない愚痴で一晩中ゲラゲラ笑いたい。……足りないよ！　そんなの足りないに決まってる！　そう思わない⁉　まひる！」

そうして最後は私に言葉が振られて、どう返してやろうかって思う。

私はだんだん、花音ちゃんの困る顔を見るのが好きになってきた気がする。

急にしてきたキスを茶化してみたり、向けてきた感情をあえて重いって言ってみたり。

だから今日も少しだけ意地悪なことを言ってやろうかな、って思案したけれど、今日の私はたぶん、そういう気分ではなかった。

だから私は——私にしては珍しく、にっと、共犯するように笑う。

「うん。ぜったい足りない」


それが意外だったんだろうか、花音ちゃんは驚いたように私をしばらく見つめると、やがて、同じような温度でにっと笑った。

「けどね？　花音ちゃん」

私が言葉を続けると、花音ちゃんはきょとん、と目を丸くした。

「……そういうときどうすればいいか、私知ってるよ？」

思わせぶりなことを言う私にキウイちゃんとめいちゃんの視線も、こちらへ向いた。

けど、二人ともわからないんだろうか。

したいことがいっぱいあって。だから、一日が二十四時間あっても足りないんだとしたら。

やることなんて——一つに決まっている。


「明日も明後日《あさって》も、一緒にいればいいの」


また、乾いた風が吹いた。

陽もすっかり沈んできて、れんが色とすみれ色の中間のような、モラトリアムを思わせる中途半端な色が、私たちを包んでいる。

「……簡単でしょ?」

私は笑う。

涼しくなってきた春風が、花音《かの》ちゃんの金色の髪を、ひらひらと揺らした。

「……まひる〜〜〜っ!」

叫びながら、すごい勢いでダッシュして抱きついてきた。なので、

「あ、でもごめん、明日はデッサンの教室があるんだった」

「おおおぉうおおぉ!?」

ひらりと私に避けられて、花音ちゃんは壁画に手をつく。ペンキが乾いてないから、そこに変な手形が付いてしまった。ぐにゃぐにゃと伸びたクラゲの足の先に、突然人間の手みたいな形の模様が現れる。ハッキリ言って変だし見たことないし、絵としてはどう考えても失敗だろう。

けど――私は思う。

そんなクラゲが、いたっていいのだ。


「じゃあ、私が塗っちゃうね」

「おぉ～！　やっぱり最後はヨル先生に限りますなぁ！」

「えい」

そんなわけで私は、まだ塗っていなかった足の最後の一本を、設計図どおりの紫色――ではなく、なんとなく気まぐれで赤色に塗ってやった。

数歩下がって四人で、壁画を眺める。

「……できましたね」

「完成だー!」

めいちゃんらしいおっとりとした言葉に花音《かの》ちゃんが花音ちゃんらしく、勢いよく頷《うなず》いた。

「なんだこれ、色も形もめちゃくちゃだな?」

「うん。そうだね」

キウイちゃんの現実的な言葉に、私は頷きながらも、思うところがあった。

「けど……さ」

それは、私がこの壁画の設計図を描いたときに、大事にしていたことだ。


「——私たちっぽい、よね」


みんなと街で過ごすのが好きだった。

いつもの三人と一緒に、賑《にぎ》やかな街をクラゲみたいにふわふわと漂ってると、どんなことをしていても、楽しい気持ちでいられて。カラフルなネオンなんてなくても、私たちは私たちの色を選んでいけるから、心配なんて、なんにもなくて。

春の温度に変わった三月の渋谷《しぶや》はいつもよりもカラフルで、たたらたら、たたらたた、と自由に刻む私たちの足音が、薄暗いトンネルを照らすように響く。どうやら今日の私たちはまあまあご機嫌みたいで、ぽーんと飛び出すみたいに縁石を飛び越えると、いつもは行かない高いお店に行っちゃおってことで、着替えてからロイホとかに行くことにした。高校生らしい贅沢《ぜいたく》である。

完成したクラゲの壁画は、からだが大きくて、いかにも泳ぐのが苦手そうで。
けれどギラギラとカラフルな色ばかりがのっていて、どんな色にも輝けそうだった。

『――クラゲという生き物は、自分で泳ぐことができません』
小学四年生のとき、水族館で聞いた飼育員さんの説明を、私はときどき思い出す。

『自分の意志もなく、水に流されて漂ってるだけなんですね』
いまだったらわかる。
私たちって誰でもみんな、クラゲと同じなんだなって。

『太陽が届かない海の底では、光を反射することもできない、儚《はかな》い生き物なんです』
自分で泳げないなんて当たり前で、流されることだって、悪いことじゃなくて。
特別になってキラキラ輝きたいなら、いつからだって、がんばってよくて。
自分で輝くのが大変なら、誰かの輝きを、頼りにしたってよくて。

『ですが、クラゲという生き物は、とてもすごい特徴を持っているんです。それは――っ！』

クラゲは泳げない。
だけど、輝ける。
それが事実なんだとしたら、海月《うみつき》ヨルが描くすべてのクラゲは、泳げない生き物として描きつづけてやろう。それこそがクラゲに対する誠実な態度ってヤツである。
そんなことを思いながら、私は今日もクラゲを描いている。

だからこの日みんなで描いたクラゲは、きっと私の代表作みたいなものだろう。

――『夜のクラゲは泳げない』。

この物語の始まりの場所に描いた、カラフルに輝く壁画の名前だ。

あとがき

この度は『小説 夜のクラゲは泳げない』第三巻をお読みいただきありがとうございます。屋久《や く》ユウキです。

本ノベライズも最終巻となり、ということは皆さんがこちらを手に取っているのはアニメを終えて少なくとも一か月程度は経っているころかと思います。僕たちはヨルクラロスを乗り越えることができているのでしょうか。このあとがきを書いているときの僕はアニメの最終話の前ごろの時間軸にいるので、まさにいま、一番そわそわしております。

ヨルクラというアニメは企画・脚本からコンテ、作画から宣伝に至るまであらゆるセクションの方々が熱意とアイデアに満ちていて、スタッフやキャストの方々と話す度に愛を感じられるような、本当に幸せなアニメになったと思っております。屋久ユウキはヨルクラが好きなのです。……なんてことは多くのインタビューやSNSの発信などでしつこく何度も伝わっているかもしれませんが、大事なことなので何度言っても言い過ぎなことはありません。

そして、これまであとがきではアニメと小説版の違いについての話を多くしてきましたが、ある意味書くのに最も苦労したのが、この第三巻のような気がしています。

しかしそれはネガティブな意味ではありません。九話から十二話は、あまりにも『アニメーションの力』で心を揺さぶっている場面が多く、その感動を文章というかたちで見せるのが難しかったのです。

例えば九話は、本当にコンテのキレが凄まじい回でした。フィルムとしてのテンポ感、ふとした表情の見せ方、攻めたカット割りなどアニメ的な地力の高さとテクニックに満ちていて、おそらくその視聴感覚を小説に翻訳したいならば、『テンポのいい言葉運び』『心に刺さる表情の描写』『ひねくれながらも気持ちいい比喩』など、同じくただひたすらに地力、つまり『上手《うま》さ』を求められるもので、アニメはこんなに上手くやったぞ、文章のほうはどうだい？　と完璧《かんぺき》な完成形から見張られているような感覚があり、常に背筋が伸びて執筆していました。そのプレッシャーはきっと、自分の筆力を成長させてくれたと思っています。

十話は笑いもありシリアスもあるバラエティの豊かさをベースに、ラストのめい役の島袋《しまぶくろ》美由利《みゆり》さんの圧倒的な歌唱で締める、個人的にも大好きなお話でした。特にあの歌唱だけは絶対に文字で再現することは不可能だと思ったため、迷った結果、アニメでは語られることのないめいの気持ち、エモーショナルなJELEE《ジエリー》への思いを詳細に言葉にしながら歌唱シーンを描くことに辿《たど》り着きました。それは自分のなかでも脚本段階では言葉にできていなかっためいの気持ちで、きっとあの歌唱や表情や演技の作画、カット割りから新たに僕に伝わってきたものだと思っています。こうした新たな魅力に気がつくきっかけを貰《もら》えたのも、素晴らしいアニメがあってこそでした。

そして十一話は、やはりキウイ役を演じる富田美憂《とみたみゆ》さんの最後の叫びが一番に浮かぶでしょう。きっとしかし、実は芸が細かいのはそこだけではなく、まひるの絵画やゲームセンターのゲームを現実とつなげて同一化する演出や、まひるの心情と反比例する表参道《おもてさんどう》の街など、絵としての強さやモチーフの反復が光る、映像的な話数でもあったように思います。

　映像的という言葉の通り、これも一体文章でどうすればいいんだ……と迷っていたのですが、アニメが映像を反復するならこちらは文章を、と新たな発想を与えてもらい、後半キウイの決めゼリフをやや変えたり、地の文のキウイの気持ちの見せ方を練ることで、意味の反復を強めることを考えつきました。これもアニメがあるからこそできた推敲で、僕はこのヨルクラのアニメから、いままでやってこなかった文章表現をたくさん得ているような気がしています。

　そして最終話。作画も演出もカット割りもなにもかも、ヨルクラチームの総動員といった趣で……もうこれに関しては正直、小手先のテクニックでどうにかなるものではありません。これまでの三話で語った方法をすべて含めた総力戦、持てる力すべてを注ぎ込むことでしか、あの映像があってなお読むべきものを作ることは難しかったと思っています。

　そうした工夫や努力が少しでも、読み心地に影響を与えていればいいなと、祈っております。

　思えば二〇二一年の三月に竹下《たけした》監督から直接届いた一通のＤＭから始まった、僕のなかのヨルクラという物語は、その三年後、アニメとノベライズの完結をもって一区切りを迎えます。毎週夕方から終電までという、普通はあり得ない時間ずっと、脚本について議論を交わしたり、ときには意見が平行線になって、そのわだかまりをほどくために飲みに出かけたり。普通なら直しが間に合わないタイミングで、アニメーターさんの『作品をよくしたい』という熱意ひとつで、新たにカットを追加してもらったり。普通は稼働なんてできないような深夜に、キャストの方々の作品とキャラに対する本物の愛情で、施策に協力してもらったり。ただ仕事で宣伝をしているだけでは普通思いつかないようなファン目線のアイデアで、視聴者みんなが喜ぶ宣伝を次々に発表してくれたり。

実は予算が潤沢とは言えなかった現場において、それでも不思議なほどリッチに見える供給が絶え間なく続くコンテンツになったのは、そうした『普通』ならやらなくてもいいことを自ら引き受け、それぞれがヨルクラを信じて突き進んでくれたからだと思っています。……もしかしたら、ある一面ではあまり褒められたものではない構造かもしれませんが、それでも少なくとも僕は、この作品にかけた普通じゃないくらいに膨大な時間を、少しも後悔していません。

ヨルクラというアニメは本当に多くの方の愛によって支えられ、熱意とアイデアが新たな熱意とアイデアに連鎖していくような、そんな幸せな創作だったと思っています。そして僕もスタッフの皆さんもキャストの皆さんも、このアニメから学んだもの、得たもの、研ぎ澄まされたもの、たくさんあったと思います。そうしてまたできることの増えた皆さんと一緒に、また同じかそれ以上の熱量で、新しいものをまた作りたい。心よりそう思っております。

ヨルクラに関わってくれたすべての方、読者の皆さん、ありがとうございました。

また別の機会でも、お付き合いいただければ幸いです。

屋久《やく》ユウキ

全コミカライズ！
私《わたし》占《うらな》いは
信《しん》じてない…でも
この出会《であ》いって
運命《うんめい》だよ
夜のクラゲは泳げない
JELLYFISH CAN'T SWIM IN THE NIGHT
コミカライズ版好評発売中!!
ヨル!!
ドクンッ
ちゃんと見《み》てろよ!!!
講談社漫画アプリ「マガポケ」にて
冒頭話はこちらから！
毎週日曜日更新中！

アニメ本編を完
めいやキウイのドラマを漫画でも！
まひると
花音の出会い、
——私は
サンフラワードールズの
橘ののか のファンです
推しごとを
しに来ました
気に入ってるん
だけどな…
駐輪禁止
禁止
んッ！
がばっ
あは
面白《おもしろ》そうじゃん
カチャ
カチャ
原作 JELEE 藤居にこ
1
夜のクラゲは泳げない
原作JELEE 漫画藤居にこ
(@NikoFujii25)

GAGAGA
ガガガ文庫

小説 夜のクラゲは泳げない3

屋久ユウキ
原作：JELEE

発行 2024年7月23日 初版第1刷発行

発行人 鳥光 裕

編集人 星野博規

編集 林田玲奈

発行所 株式会社小学館
〒101-8001 東京都千代田区一ツ橋2-3-1
［編集］03-3230-9343 ［販売］03-5281-3556

カバー印刷 株式会社美松堂

印刷・製本 TOPPANクロレ株式会社

Printed in Japan ISBN978-4-09-453200-5